集英社オレンジ文庫

ハケン飯友

僕と猫のおうちごはん

樋野道流

Contents

イラスト／内田美奈子

ハケン飯友

僕と猫のおうちごはん

一章　猫と出会う

なんて年明けだ。

こんな酷い一年の始まりが、あっていいものなんだろうか。

駅から我が家へ続く長くて緩い上り坂をとぼとぼ歩きながら、僕は心の中で、たぶん五十回目くらいの泣き言を漏らした。

年始早々、見苦しいと、我ながら思う。でも同時に、仕方ないとも思う。

今日は一月四日、いわゆる仕事始めの日だ。

特に新年の抱負なんて大層なものはなかったが、それでも今朝は、「今年も一年、頑張ろう」と、いささか清々しい気持ちで出社したわけだ。

それなのに、朝っぱらから自社ビルのエントランスが厳重に封鎖されていて、中に入れない……なんて経験は人生初だった。

先に来た社員たちは皆、狼狽えた顔で社屋前を彷徨っており、それは年末の休みを利用していっぺんに見た、有名なゾンビドラマのような光景だった。

そして、すぐに僕もそのゾンビの一員になったことは言うまでもない。

出社した社員全員が途方に暮れる中、姿を見せたのは、破産管財人を名乗る弁護士だった。

彼の見るからに仕立てのいいスーツのジャケットの襟には弁護士バッジが光っていて、

まるでドラマを見ているようだった。

「皆様、お疲れ様でございます。ご集合ください」

にこやかにゾンビの群れを呼び集め、彼は頭のいい掻い摘まみ方で、事情を手短に説明してくれた。

それによると、年末に社員の前で納会の挨拶をした直後、社長は会社の金を根こそぎかき集め、各方面に作った多額の借金を踏み倒して、夫人と共に遠い国に消えたらしい。

つまるところ、絵に描いたような夜逃げだ。

『人間万事塞翁が馬、皆さん、何はともあれよいお年を！』という社長のスピーチの最後のひと言は、今にして思えば彼なりの別れの挨拶だった……などと、誰が察せられただろう。

説明を受けても、僕たちは皆、ゾンビのままだった。

事情は理解できたが、だからといって、何一つ気が晴れる要素はない。

事実上、会社は倒産し、僕たちは新年早々に失職したことになる。

社長は未だ音信不通状態で、会社のすべては管財人の管理下に置かれてしまったらしい。

一連の説明を終えた弁護士とアシスタントたちが、僕たち社員すべての氏名と連絡先をチェックするのに数時間、それから会社に私物を取りに入れるようになるのに、さらに数時間かかった。

午後になって、やっとのことで足を踏み入れた会社は、既に僕たちが知る「職場」ではなくなっていた。

ワンマン経営の小さな食品会社にどれほど金目の品が残っているのかは知らないが、とにかく社内・作業場内のすべてのものに差し押さえの札が貼ってあり、見るだけで心が冷え冷えした。

コピー機をはじめとしたレンタル機器は既にメーカーによって引き上げられ、床にたまった埃(ほこり)の山で、かつてそこにあったものの存在をかろうじて感じ取れる。

社内のあちこちに地味なスーツ姿の人たちが立っていて、私物を回収する僕たちの動きは、それなりに厳しく監視されているようでもあった。

とにかく、会社の入り口で渡された段ボール箱に私物を詰め、一刻も早く外に出ること。それが、僕たちに要求された、新年初の、そしてこの会社では最後の「お勤め」だった。

片付けを終えて建物を出るとき、私物以外を勝手に持ち出していないかチェックまでされて、皆、気疲れしてヘトヘトの顔をしていた。僕だってそうだ。

比較的仲が良かった同じ部署の同僚数人とは、今後も連絡を取り合うことを約束して別れたが、直属の上司とは、それすらできなかった。

娘三人、しかも上の二人が揃って私学の高校と中学を受験するから大変だ……と、年末に彼は苦笑いで語っていた。

そんなタイミングで職を失ってしまっては、独身の僕の比ではないショックだろう。見るからに途方に暮れた彼は、誰とも目を合わさず、一言も口を利かず、まさにゾンビそのものの土気色の顔で去って行った。

僕たちも、そんな上司にかける言葉が見つからず、ただ、見たこともないほど丸まった痩せた背中を、気の毒に思いつつ見送っただけだった。

そして僕も早々に会社を追い出され、今は両手で段ボール箱を抱えて家路を辿っているところだ。

普段ならもっとラフな服装で出社するところだが、今日は年始ということでスーツを着込んでいて、余計に肩が凝る。疲労感も倍増だ。

（はあ。短いような長いような、変な一日だったなあ）

いつの間にか、俯いていたらしい。そういえば、さっきから目に映るのはアスファルトの路面ばかりだ。

僕は溜め息交じりに顔を上げた。

道の左側は線路になっていて、その向こう側の家々の屋根の少し上に、沈みつつある赤くて大きな夕日があった。

じっと見ていると、目の奥がヒリヒリする。

じわっと涙が出そうになったのは、眩しさのせいだろうか。それとも、情けなさのせいだろうか。

何ひとつ生産的なことをしていない、いや、むしろ仕事を失ってマイナスだというのに、もう一日が終わろうとしている。

本当に、なんて年明けだ。

どこの空の下にいるのか知らないが、夜逃げした社長め、とりあえず犬の糞を踏め。

やっと苛つく気力だけは戻ってきて、目の前にある石を蹴り飛ばしたら、斜めに飛んで何かに当たり、こんこんと弾みながらこっちに跳ね返ってきた。

革靴とはいえ、石ころすらまともに蹴れないとは。

苛立ちのあまり、すんでのところで「あああ！」と声を出してしまいそうになりながら、僕はふと、石が戻ってきたほうを見た。

目に映ったのは、神社の鳥居だった。おそらくその台石に小石が当たって、跳ね返ったのだろう。

(罰当たりなこと、しちゃったかな)

平日の毎朝毎夕、五年も通った道なので、そこに小さな神社があることは知っている。

でも、行ったことは一度もない。

特に避けていたわけではなく、気にも留めていなかった、というのが正しいかもしれない。

「そういや、初詣がまだだっけ。お参り、しておくかな」

僕は信心深い人間ではないけれど、それでも年始そうそうこうも大きな不運に見舞われると、神頼みで空気を変えたいような気分になるというものだ。

(だけどなんだか寂れた雰囲気だな)

近づいてみると、小振りな木製の鳥居は朱色の塗料があちこち剝げ落ちて、なんともみすぼらしい。社の名前が書かれているはずの額も色褪せ、ひび割れて、もはや文字など読み取ることができない。

日没が迫る中、薄暗い境内に入っていくのは少し気味が悪かったけれど、ここで引き返すと、神様がご機嫌を損ねるかもしれない。

そのせいで、これ以上悪いことが起こったりしたら、たまったものではない。ささっと拝んで、ささっと帰ろう。

僕は勇気を振り絞り、細い石畳の参道を進んだ。

「お」

参道は呆気ないほどすぐ終わり、目の前には思ったよりも広い、それでもせいぜい街中の庭付き一軒家くらいの空間が広がった。

正面に見えるのは、鳥居と同じくらい年季の入ったささやかな社殿だ。

社殿といえばいかにも立派そうだけれど、大きさは、テレビ番組でよく見る極小住宅サイズ、しかも当然ながら平屋だ。

しかも、周りには手水舎も社務所も何もない。おそらく、宮司さんは常駐しておらず、他から通ってきているのだろう。

（なんだか、怖いくらい寂れた神社に来ちゃったな。御利益なさそう）

神社といえば、初詣の時期にはどこも賑やかなものだと思っていたが、この神社には、覇気も活気も新年らしさも何もない。

ああいや、社殿の脇にぽつんと置かれた日本酒の小さな薦樽だけは、かろうじて正月っぽいかもしれない。誰かの奉納品だろうか。

人気がない上、境内にある大きな木々の枝がざわざわと風に揺れて、どうにも気持ちが悪い。

こんなところで、追い剝ぎにでも遭おうものなら、誰にも気付いてもらえないに違いない。そんな物騒なことをつい考えてしまって、背筋がゾクゾクした。

さっさと用事を済ませて、退散したほうがよさそうだ。

僕は乾いた土の上に段ボール箱を置き、ダッフルコートの裾を伸ばしながら、そそくさと社殿前に立った。

台風が来たら飛んでいきそうな社殿の前には、やけに厳重に南京錠を掛けられた賽銭箱が置かれている。

その上には、社殿の梁から鈴をつけた紐がぶら下がっているものの、引っ張ったら鈴ごと落ちてきそうなボロボロぶりで、どうにも危なっかしい。

僕はあまり参拝の作法には詳しくないけれど、確か鈴を鳴らすのは、神様の注意を引くためだっただろうか。

けれどまあ、今ここには僕しかいないので、省略しても大丈夫だろう。

とにかくお賽銭を入れて、お参りを済ませてしまおう。

僕はショルダーバッグの中から財布を取り出した。小銭入れを開けて、「あ」と声が出る。

そういえばさっき、駅前のコンビニで小さな買い物をしたとき、奇跡のようにピッタリ払い切れてちょっと嬉しかったことを思い出した。

小銭入れの中には、まさかの一円玉が一枚しか入っていない。

さすがに、お賽銭に一円はない気がする。一円でお願いを聞けと言われたら、僕なら即座に断る。神様だってそうだろう。

「せめて定番の五円玉だよなあ。どっかになかったっけ」

財布を片手に持ち、もう片手でコートやジャケットのポケットを探ってみたけれど、出てくるのはくしゃくしゃにしたレシートやのど飴の包み紙ばかりだ。

となると……。

「千円札、か。いやいや無理」

札入れのほうを確認して、僕は思わず首をブンブンと振った。

お賽銭に千円入れるほど財力が豊かではないし、まして僕は今日、失業したばかりなのだ。

すぐ路頭に迷うほど困窮しているわけではないけれど、確実性も即効性もない神頼みに千円を使うほど余裕があるわけでもない。

かといって、ここまで来ておいて「小銭の持ち合わせがないから」という理由で神様に背中を向けるのは、鳥居の前をただ通り過ぎるよりたちが悪いような気もする。

「いや、でもなあ。千円は無理だよ。うーん、崩しに行くのも面倒だし」

財布を持ったまま考え込んでいると、ふくらはぎに何かが触れた。妙に柔らかな感触だ。

「えっ？」

驚いて下を見ると、いつの間に来たものか、一匹の猫が僕の足元にいた。

親愛の情なのか単にどこか痒いのか、うにゃうにゃと奇妙にひずんだ声で鳴きながら、僕のズボンに盛んに頭を擦りつけている。

ずいぶんと大きな猫だ。

全身が灰色の毛に覆われていて、尻尾が長く、先端がちょっとカギになっている。

一瞬、ロシアンブルーかと思ったけれど、それにしては毛が中途半端に長いし、毛並みも少しぱさついている。ロシアンブルーと何かの雑種なのかもしれない。

少なくともこの大きさを見る限り、洋猫のＤＮＡを持つ猫なのに違いない。

首輪をしていないし、絡んだ毛のあちこちに落ち葉の欠片がくっついているし、どうもこいつは野良の可能性が高い。

ぐるる、と喉を鳴らしながら僕を見上げる猫の両目は、茶色のような、緑のような、鈍い金色のような……角度によって見え方が違う微妙な色彩だった。

辺りがずいぶん暗くなってきたので、灰色の猫は、まるで夜の使者のように感じられる。

「やめろよ、よそ行きのズボンに毛がつくだろ。お前、もしかしてここに住んでんのか？」

問いかけながら軽く身を屈めて頭を撫でてやろうとすると、猫はむしろ煩わしそうにぶるんと全身を震わせ、半歩退いた。

可愛げのない奴だ。

「何だよ。食い物目当てか？　悪いけど、のど飴しか持ってないよ。だいいち、こういう場所で野良猫に餌付けをしちゃいけないんだろうしさ」

そう言うと、猫は不満げにヒゲが生えているあたりのほっぺたを膨らませ、おそらくはわざわざ、僕の傍らに座った。

ズボンにピタリと身体をくっつけて、離れる気配がない。

まあ、新たに就活を始めるまで着る機会はなさそうだから、今、スーツのズボンが多少汚れても気にすることはないか……と、投げやりな気持ちで、僕は猫に話しかけた。

「それに、もう行かなきゃ。お参りしたかったけど、お賽銭用の小銭がないんだ。千円はさすがに無理だから、またいつか出直すよ」

それは猫に向けた言葉というより、猫を経由して神様に弁解しているようなものだったけれど、とにかく僕はそう言って踵を返そうとした。

ところが、そんな動きを封じるように、猫は機敏な動きで僕の足元に絡みついた。

「うわっ！」

たちまち転びそうになって、僕は危ういところで踏みとどまる。

「な、なんだよ！」

にゃー！

軽く叱ってやろうとしたのに、それより早く、猫は僕の顔を見上げて一声鳴いた。

さっきまでの鳴き方とまったく違う、やけに鋭い声だ。

なんだか、僕のほうが叱られているような気がした。

「もしかして、ここでお参りせずに帰っちゃ駄目ってことか？」

誰もいないのをいいことに、馬鹿馬鹿しいと思いながらも、僕は猫に問いかけた。するとあろうことか、猫は「そうだ」と言わんばかりに、すまし顔で座り直す。

「だって、千円はいくらなんでも大金すぎるだろ？」

なー……。

今度は、「ケチ」と言いたげに、半眼で見据えられる。

猫というのは、こんなに表情豊かな生き物だっただろうか。

昔、祖父母の家にいた猫は、終日間抜けな顔で寝てばかりいた気がするのだが、目の前にいるこの野良猫は、やけにアクティブ、そして雄弁だ。

「いや、そりゃ、このまま帰ったら、神様に失礼なのはわかってるけどさ」

んにゃー！

「わかってるなら払えってか……」

そうそうと言うように、前脚でくるくると顔を擦る猫の姿に、僕はガックリと肩を落とした。

まったく、なんて日だ。

出社すれば会社が倒産していて、神社に立ち寄れば猫に参拝を強要される。

まあでも、こんなときだからこそ、お賽銭を奮発して、今後の開運をお願いするのも手かもしれない。

もの言いたげな猫の視線を浴びているうちにも、夕闇はいよいよ深くなっていく。早くここを去らないと、猫どころか、幽霊が出てきそうだ。

「くそっ、いいよ、わかったよ！」

やけっぱちな気分になって、僕はとうとう財布から大事な千円札を一枚抜き取り、えいやっと賽銭箱にねじ込んだ。

カサリと音を立て、折ったお札は箱の底に落ちる。もう、取り戻す手立てはない。

引くとヤバそうな鈴は諦め、僕は憤然（ふんぜん）と……そんな形容詞を参拝に使うとは思いもしなかったけれど、背筋を伸ばし、物凄い勢いで二度お辞儀して、どんなに熟睡している神様でも目が覚めるよう、渾身の力で柏手を二度打った。

二度目はそのまま合掌のポーズで止め、目をつぶって頭を軽く下げ、ごくごく小さな声で願い事を伝える。

これまで、こういうときは心の中で思うだけにしていたけれど、今日は誰もいないし、何より千円も使ったのだ。誰だか知らない神様といえども、きっちり聞き届けてくれないと困る。

「今日、会社が潰れたもんで、新しい仕事、できたらまた同じ業種で、給料と福利厚生と通勤時間がそこそこのところが見つかりますように。あ、でも、すぐにじゃなくていいです。失業保険が切れる頃までに、くらいの感じでいいので、雰囲気のいい職場を希望したいです」

お願いしますと締めくくるのと同時になお深く頭を下げ、それで終わりにしようとしたところで、ふと思った。

せっかく千円も使ったのだ、もう一つくらい、お願いをしてもいいのではないかと。

実は、ここしばらくずっと胸にくすぶっていた小さな願いがある。

でも、願ってどうなるものでもないからと、心の奥底にしまい込んでいたものだ。

それをいっそ今、持ち出してしまおう。でも、さすがにこれは声に出すのが恥ずかしすぎるので、黙って願うだけにしよう。

僕は再び、今度はごく控えめに柏手を二つ打つと、ギュッと目をつぶり、心の中で願い事を告げて、ようやく手を下ろした。

まるで共に参拝するように、いつしか灰色の猫も僕と並んで立ち、社殿に向かって頭を下げていた。

さすが神社にたむろする猫、なかなかどうして参拝ポーズが様になっている。僕なんかより、ずっと信心深そうな、神妙な顔つきだ。

「終わったよ。つきあってくれてありがとな」

一応、礼を言って手を伸ばすと、猫は今度は僕を拒まなかった。むしろ、自分からにょっと前脚を上げて伸び上がり、僕の手のひらに大きな頭を擦りつけてくる。

人懐っこい奴だ。もしかしたら、この神社には、猫好きな参拝客が通ってきているのかもしれない。

手にスッポリ収まる、触り心地のいい猫の頭を何度か撫でてから、僕は「じゃあな」と猫に別れを告げた。

猫は社殿の前にぽつんと座ったまま、僕のほうをじっと見ていた。

遠ざかる脚は止めずに何度か振り返り、軽く手を振るうち、座り続ける猫の姿は闇に溶けて見えなくなってしまう。

「あーあ。結局、貴重な千円を使っちゃったよ」

再び鳥居を潜って通りに戻ってみると、街灯が煌々とついていて、会社帰りや買い物帰りの人々で、往来はすっかり賑やかになっていた。

腕時計を見れば、いつも会社での仕事を終えて帰宅する時刻だった。

この見慣れた光景も、次の仕事が見つかるまで、見ることはないのだ。そう思うと、失業の切なさが、ようやく胸に染み通ってくる。

(千円分きっちりとまでは言わないから、少しでも御利益がありますように)

念を押すように鳥居のほうに向かってそう願い、僕は疲れた身体を引きずり、ゆっくりと家路を辿った……。


その夜のことだった。

帰宅して、とりあえず風呂に入ってサッパリした僕は、夕飯を作ろうとキッチンへ向かった。

今となっては文化財クラスの、昭和の高度成長期を代表する(らしい)、当時の最先端システムキッチンだ。

壁面に取り付けたフックからは、キッチンに負けず劣らずの年代物の鍋たちがぶら下がっている。

そんな見慣れたものたちを横目に、僕は冷蔵庫を開けた。

取り出したのは、帰り道にコンビニで買った缶チューハイだ。

あまり酒には強くないし、家で飲むこともそう多くないけれど、さすがにこんな日は、軽くアルコールを入れたくなる。

ゴクリと一口飲むと、キンキンに冷えたグレープフルーツ味の炭酸が喉を流れ落ちていく刺激が気持ちいい。

たまにしか飲まないから、前回の記憶がまったく残っていないのだが、チューハイというのは、こんなにジュース感覚で飲めるものだっただろうか。

胸にわだかまっていた会社倒産のストレスが、シュワシュワの炭酸で胃に落とし込まれでもしたのか、なんだか妙に気持ちがスッキリして、思わず声が出た。

「んんん〜!」

んな〜ん。

「ん⁉」

会心の一声の途中で、僕は思いきり固まった。

今、僕の声に、おかしな音、いや声が混ざらなかっただろうか。しかもその声は、背後から聞こえたような気がする。

この家には、僕しかいないはずなのだが。

すぐに振り返るのが怖くて、僕は缶を持ったまま、軽く咳払いしてみた。

すると返事でもするように、あん、と小さな声がする。

「あん⁉」

驚いた僕は、体ごと振り返った。

そして、ツイストしたままの体勢で固まる。勿論、缶はしっかり持ったままだ。

そこにいたのは、さっき神社で会った、あの猫だった。

たぶんそうだと思う。

大きな身体、丸みのある頭、灰色の少し長い毛足、そして不思議な色合いの大きな目と、やや低い鼻と、いつも物言いたげなへの字の口元。

やはり、神社のあいつにうり二つだ。というか、おそらくあいつだ。

あの猫が今、僕の自宅のキッチンの、リノリウムの床の上にちょこんと座って、ご丁寧に前脚を綺麗に揃えて、澄ました顔で僕を見上げている。

「お前、なんで……？　どうやって」

今日は朝から、驚かされてばかりだ。

てっきり神社に留まったと思っていた猫が、実は帰り道、ずっと僕についてきていたんだろうか。

けれど、玄関はしっかり施錠(せじょう)したはずだ。それなのに猫がここにいるということは、どこかに侵入口があったということになる。

毎朝、家じゅうに空気を通すことにしているから、そのとき、どこか閉め忘れたのかもしれない。

それこそ、不用心にもほどがある。

「ヤバい。おい、お前のことはあとで」

そう言い残し、僕は戸締まりを確かめようと、缶を調理台に置き、猫をそのままにキッチンを出ようとした。

そのとき、僕の鼓膜(こまく)を誰かの声が震わせた。

今度は猫ではない。人間の、男の声だ。

『一階の物置の小っちゃい窓、開けっぱなしでしたよ』

「物置か！　あそこよく忘れるんだよな。サンキュ……って、えっ？」

足を止めて何げなくお礼を言ったところで、僕はゾッとした。

確かに、人の、声だった。

猫だけでなく、この家の中には、既に誰か見知らぬ人物が入り込んでいることになる。

見知らぬ人物というか、それはどう考えても……。

「どろ……ぼう……」

『じゃあ、なくて』

やはり、男の声だ。妙に深くて低くて耳に気持ちのいい、柔らかな笑いを含んだ声だ。

「では、ない?」

『泥棒なんかじゃないですよ。まあ、不法侵入させていただいたわけでございますけど、盗みを働くつもりなんてこれっぽっちもないもんで』

流れるような、ごく一部が妙に馬鹿丁寧な受け答えだが、そんなことを言われたところで、恐怖が薄れるわけがない。

泥棒でなくても、変質者や殺人鬼の可能性は大いにある。

僕は非常口の標識ポーズそっくりの姿勢で固まったまま、視線だけを慌ただしく巡らせた。

何か武器はないかと思ったものの、一般家庭にそんなに都合よく金属バットや木刀があるはずはない。

まったく、なんて日だ。

会社が潰れて、神社でお賽銭（さいせん）に千円も払って、挙げ句の果てに、家の中に変な奴がいる。

もう、こうなったら、腹を括（くく）るより他がない。今日はそういう日なのだ。

毒を食らわば皿までの心境で、現実を受け止めよう。

そんな半ばやけっぱちな気持ちで、僕は音がしそうなくらいぎこちなく、ゆっくりと振り返った。

「……あれ？」

しかし、そこに人の姿はなかった。

ただ、さっきの猫がこちらを向いて座っているだけだ。

「あれれれ？」

思いきりキョロキョロする僕の耳に、さっきと同じ声が聞こえた。

『どうかしました？』

「え？　え？」

声のしたほうを見ても、やはり猫しか……猫しか……猫？

猫、だって？

『旦那?』

猫の、さっき鳴いたあの口が、確かに動いている。

いや、でも、まさか、そんな。

猫を指さし、パクパクと口を動かすばかりの僕を見て、猫はふんふんと鼻をうごめかせ、天井を仰いで、フレーメン反応そっくりの顔で中途半端に口を開いた。

『しまったぁ』

間違いない。信じられないが、誰かが背後でアテレコでもしていない限り、今、人間の言葉を喋ったのは猫だ。

唖然とする僕の前で、猫はまた忙しく前脚で顔を洗い、肉球をペロンと舐めた。

『そうか、先に姿を変えろって言われてたんでございましたっけ。ちょいとお待ちを』

そう言うなり、猫はピョンと飛び、ダイニングテーブルの下に入り込んだ。

「……何だ……?」

垂れ下がったテーブルクロスの下で、ガタンゴトンと、何か大きなものがテーブルや椅子にぶつかる音がする。

「何なんだよ、もう。勘弁してくれよ」

驚きと恐怖と混乱がごちゃ混ぜになると、人は動けなくなるものらしい。そういえば、会社の倒産を報せる貼り紙を眺めたまま、ずいぶん長い間突っ立っていたっけ、と今朝のことをぼんやり思い出していたら、音が止み、テーブルクロスがピロンと跳ね上げられた。

「どうもどうも、お待たせしました」

さっきと同じ、つまり猫と同じ声でそう言って姿を現したのは、猫……ではなく、若い男だった。

浅黒い肌に、耳にかかるくらいのボサボサした濃い灰色の髪、そして……緑のような金色のような茶色のような、くりっとした瞳。縦に長い瞳孔。

その全身の色合いを見れば、嫌でもわかる。

「猫だ」

思わず声に出してそう言うと、男はニッと笑って自分を指さした。

「猫です。上手く化けたもんでしょ」

「……そうだね」

思わず、素直に同意してしまった。

拭ったように綺麗に、驚きも恐怖も混乱も消え去っていた。

目の前にいるのは、神社にいたあの猫で、そいつがたった今、人間の姿に化けた。

どれだけ信じられないことでも、確かに目の前で起こったのだから、信じるしかない。

むしろ、自分が知らないうちに会社が潰れていたことのほうが、よっぽど信じがたい。よほど感覚が麻痺していたのか、あるいは混乱のゲージが振り切れたのか、僕はやけに冷静になってしまっていた。

男は、指先で自分の頬をつつきながら、僕に訊ねてきた。

「わりと男前だったりしますかね？」

「するね」

僕はまた、正直に頷いた。

猫は……いや、男は……この際、仮に猫男と呼ぼう。

猫男は二十歳そこそこに見えるくらい若くて、精悍な、やはりどこか猫っぽい顔立ちで、猫のときと同じく鼻は少し低めだったけれど、十分に男前だった。

「僕なんかより、ずっと男前だ。でも、服は酷い」

感想があまりにも率直すぎたのは、やはりそのときの僕のメンタルが普通でなかったからだと思う。

でも、彼の服装は本当に酷かったのだ。

僕の身長は百七十センチピッタリで、猫男は僕よりほんの少し背が高い。つまり、さほど長身ではないのだが、彼が着ているのは、毛皮と同じ灰色のTシャツと、ステテコのようなペラペラのハーフパンツだった。今は真冬なのに、季節感がないにも程がある。

そんな指摘に、彼はにゃははと実に猫っぽく笑って頭を掻いた。

「俺っち、人間に化けるのは初めてなもんで、そこまではイメージが追いつかなくて。旦那みたいな格好でいいんでございましょうかね。じゃあ、ほいっと」

ボフンッと景気のいい音を立てて、狭い空間で見事に宙返りすると、猫男はたちまち灰色のジャージ姿になった。いわゆる芋ジャーの趣だ。

貧乏臭いことこの上ないが、それが僕の服装を真似したとなると、これ以上ツッコミの入れようがない。

僕のジャージは、これでそこそこの値段がするこだわりの一着なのだが、それを猫に力説したところで意味はないだろう。

猫男は、得意げに両手を広げ、気取ったポーズを取ってみせた。

「どうです?」

「まあ、いいんじゃないかな」

「んじゃ、そういうことで」

猫男は気のいい笑顔でそう言ったが、僕のほうはそうはいかない。

「そういうことって、どういうこと⁉」

思わず声のトーンを跳ね上げて訊ねると、彼はむしろ訝しそうに首を傾げた。

「どうもこうも、旦那がさっき、うちのお社の神さんに、お願いしたんでしょうが」

「僕が？　何を？」

すると猫男は、呆れ顔で人差し指を立てた。見事に人間に化けているが、爪だけは猫らしくニュッと伸び、先端が尖っている。

「人間様は何十年も生きるもんだから、まだ旦那は年寄りじゃないと思うんですけどねえ。もうボケたとか？　賽銭箱に大金放り込んで、仕事が見つかるようにって言ったでしょ」

「それは確かに。だけど、それでどうして、猫が人になって不法侵入なんか……」

「旦那が声に出さずに言った、もう一つのお願いのほうですよ」

「あ」

僕は、ハッとした。

お賽銭の元を取ろうなんて浅ましい考えから、僕が付け加えたもう一つの願いごと。

まさかそれが……。

僕の視線を受けて、猫男は腕組みして、訳知り顔で頷いた。

「そうそう。俺っちの耳には届かなくても、神さんにはちゃーんと聞こえてましたって。なんでも、『一緒に飯を食える、気の置けない友達がほしいです。彼女なんてそんな高望みはしませんから』って言ったんでございましょ？」

「う、うわあっ」

頬どころか、顔全体が一瞬にして熱くなった。

確かに僕は、神様にそう願ったのだ。まさか、それが、本当に……。

「だからほら、こうして俺っちが派遣されてきたわけでございますよ」

「いや、でも、なんで猫が」

「そりゃ旦那が、千円も張り込むから。神さんが、きっと急ぎなんだろうってお考えになりましてね」

「千円も張り込んだのは、僕のせいじゃ……」

「いやいや、旦那のお金でございましょ。だから神さんが、俺っちにこう仰ったんですよ。『お前、ちょいと行っておやり。人の縁を結ぶには、時間も手間も要る。その点、猫ならすぐだ』ってね」

神様の親切すぎる采配に、僕は頭を抱えた。

「あああ……。けど、なんでそれなら、物置の窓から入ってきたりなんて」

「一応、見事なハイジャンプでピンポーンって鳴らしたんですけどね。とんと返事がなかったもんで、入れるところを探したわけですよ。住宅街を野良猫がウロウロしてると、水掛けられたりどやされたり、ろくなことはないもんでございましてね。早いとこ、お宅にお邪魔したかったんです」

「……ごめん。たぶんそんとき、僕、風呂入ってた」

よく考えたら、僕が謝る筋合いでもなかったのだが、猫は実に鷹揚に片手をヒラヒラさせた。

「いやいや。まあ、猫なんで、ちょっとした隙間で十分ですし、お気遣いなく。じゃ、さっそく仕事にかかりましょうかね」

「仕事?」

キョトンとする僕に、猫はいそいそとすり寄ってくる。

「だから、飯。俺っち、神さんから、境内に住んでる家賃分しっかり働いてこいって言われてるもんで。旦那の気が済むまで、毎日お相伴にあずかりますよっと。さ、飯食いましよ、飯。楽しみだなあ」

「待って。ちょっと待とう。落ちつこう。主に僕が」

僕は思わず両の手のひらを猫男のほうに突き出した。話があまりにも奇想天外過ぎて、頭がついていかない。

しかし猫男のほうは、したり顔で、鼻の脇から数本ピョンと出た長い髭を指先で弄りながら頷いた。

「ああ、何なら食うだけじゃなくて、特別サービスで準備も手伝いますけどね。俺っち、やったことはないですけど、人間が料理してるとこは見たことがあるんで、ちょっとくらいはやり方、知ってますよ。ただ、手が濡れるのはあんまり好きじゃないんで、皿洗いはできたらご勘弁……」

「いや、そういうことじゃなくて！」

「そんじゃ、どういうことなんです？」

僕は小規模な深呼吸をして、気持ちをわずかに落ち着けてから、あらためて猫に問い質した。

「もう一度確認するけど、お前は確かにさっき神社にいた猫で、僕が神様に『ご飯を一緒に食べる友達がほしい』って頼んだから、神様の言いつけで来てくれたってわけ、なんだよな？」

「ですよ？」

猫は、アッサリと頷く。

「つまり、これからお前が、神様が派遣してくれた、僕の……飯友、ってことに？」

「ですです。『ハケン飯友』ってとこですかねえ。ま、ひとつよろしくお願いします」

そう言って殊勝に頭を下げられては、僕もつい反射的にお辞儀を返してしまう。

「あ、ども、こちらこそ」

すると頭を上げた猫男は、尖った爪でキッチンのほうを指さした。

「で、旦那、早いとこ飯を」

「あ、うん。晩飯はどのみちこれから作るつもりだったからいいんだけど、その前にもう一つ」

「まだ何か？」

「その旦那ってのは、やめてくれないかな。僕には一応、坂井寛生って名前が」

僕はそこでようやく自己紹介したのだが、猫男は呆れ顔で片手を振った。

「んな、人間の名前をいちいち覚えるのはめんどくせえ。旦那しかいないんだから、旦那でいいでしょう」

「うう……まあ、いいか。じゃあ、お前は？」

「俺っちが何か？」

「いや、お前のことは、何て呼べばいいんだ？　なんだかまだピンとこないけど、とにかくせっかく神様が寄越してくれたんだから、しばらくの付き合いになるんだろ？」

猫男は、気障に肩を竦めて頷く。

「旦那さえよけりゃね」

「だったらやっぱり、呼び名が必要だろ。名前、あるのか?」

訊ねると、猫は首を捻った。

「今は、特には。俺っち猫ですしね。お宮に来る人は、猫とか猫ちゃんとか猫さんとかにゃんことか、ま、好きなように」

「好きなようにって言われても……」

「旦那は生真面目ですねえ。そんなに悩まなくても、名前なんて、適当につけりゃいいのに。そんじゃまあ、基本、『猫』でいいんじゃないですかね」

「ねこ」

「はいはい?」

猫男……猫は、律儀に返事をする。

「猫、ね。シンプルでいいってことにしとこうか」

もう、何がどうでもよくなってきて、僕は従順に同意し、猫と一緒にキッチンへ行った。

猫は興味津々で、キッチンのあれこれを眺め、子細らしくヒゲをいじくる。

「今夜は何食いましょうかね、旦那」

僕は、うーんと唸りながら、猫のすっとぼけた顔を見た。

「こんなことになると思ってなかったから、あり合わせだけど」

「毎晩のことですからね、気合い入れることはないですって。ま、ご馳走は拒みませんけど。俺っち、何でも食いますよ」

「何でも？　猫的にヤバイもんもあるんじゃないの？」

「まあ、猫のときは、ネギ的なものやチョコレート的なものが駄目でございますけど、人になってるときは、何を食っても大丈夫だって、神さんが」

「便利だなあ！」

「便利でございますよねえ」

相変わらず、変なところだけ丁寧な物言いで、猫はボリボリと耳の後ろを掻いた。

仕草がちょいちょい猫っぽいのがどうにも気になりつつ、僕はコンロの上に置きっぱなしだった鍋の蓋を開けた。

「わかった。じゃあ、今朝、仕込んだ鶏肉で、何とか二人分作るよ。……特に手伝って貰うほどのことはないから、あっちでテレビでも見てれば？」

そう言うと、猫は食器棚に持たれてかぶりを振った。

「面白いんで、見ててもいいですかね」

「ん……まあ、いいけど」

この家に越してきてから、自分以外の人間、いや、猫ではあるけれど人間の姿の誰かが一緒にいるのは、初めてのことだ。

まったく遠慮のない猫の視線にいささか居心地の悪さを感じながらも、僕は手を洗い、鍋から鶏の胸肉を一枚、ボウルに取り出した。

途端に猫は大きな目を輝かせ、近づいてきた。

「鶏！　鶏は食ったことありますよ！　俺っち的には大ご馳走」

「特売の胸肉だよ。鶏ハムっぽくしといたんだ」

「鶏ハム？」

「塩と胡椒と砂糖をすり込んで、ジップロック……袋に詰めて、冷蔵庫に一日置いとくんだよ。それを今朝、軽く茹でて、茹で汁にそのまま浸けといた。まあ、形を整えてないから、あんまハムっぽくはないけど」

「ハムってのは食ったことないけど、旨そうです」

「旨いよ。今から飯を炊くのもめんどくさいから、茹で汁でフォーっぽい麺料理にして食べようか」

「旦那が何言ってんだかさっぱりわかんないですけど、俺っち何でも食いますよ」

さっきから何度目かの台詞を繰り返し、猫は僕の手元をジッと覗き込む。

「腹が減ってるの？」

「そりゃもう」

「神社に住んでるんだろ？　餌をくれる人は？　宮司さんとか」

「神主は、ずいぶん遠くの神社と掛け持ちしくてね。たまにしか来ません。俺っちも、お社で飼われてるわけじゃなくて、勝手に住み着いてる感じで」

「うん、まあ、それはそんなところだとは思ってた」

「飯は毎朝、散歩に来る人間たちがカリカリをくれるんですけどね。夜は何もないんで、とっ捕まえられたら鼠とかモグラとか」

「あっ、そういうナマモノっぽい話はいい。じゃあ、これからうちに飯を食いに来るってのは、夜だけの話？」

　そう訊くと、猫は少し残念そうに頷いた。

「ま、一応、そうなりますね。日のあるうちは、俺っちに会いに来るのを楽しみにしてる参拝客もいるんで、接待業務があるんです。誰も来ないと神さんも寂しいでしょ。客寄せのためにも、俺っちがいてあげなきゃ。あと、人間の姿になれるのは、夜だけっぽくてね」

「ふーん。妖怪や幽霊が夜だけ出る的なことかな」

「ですかね。俺っちはまだ生きてますけどね」

「それもそうだね」

喋(しゃべ)りながら、僕は鶏の茹で汁が入った鍋を火にかけた。茹で上がった鶏の胸肉のほうは、手で大きめに裂いておく。

半分は麺の具にするように取りわけ、もう半分は、サラダにすることにした。

冷蔵庫を開けると胡瓜(きゅうり)が一本あったので、それを洗ってすりこぎで叩き、軽く割ってから包丁で細く刻む。

猫は僕の傍(かたわ)らに立って、ふむふむと感心したような声を出した。

「慣れたもんっすね。料理好きなんですか、旦那？　でも、ひとりで作って、ひとりで食う感じで？」

「まあ、料理は嫌いじゃないんだ。むしろ、飲食店にひとりで入るのが、どうも苦手なんだよ。だから、自分で作るほうが気楽でいい」

「へえ。っつか旦那、見た目はまだお若いのに、一軒家にひとり暮らしなんですか？」

僕は、トントンと包丁を機械的に動かしながら答える。

「ここは、祖父母の家なんだ。実家を出て就職したときに、たまさかこの家が近くてさ」

「祖父母ってのは、祖父(じい)さん祖母(ばあ)さんのことっすよね？」

「そう。祖父は早くに死んで、祖母もずっと老人ホームに入ってるんだ。もうここに帰ってくることはないだろうけど、だからって勝手に処分するのもアレだろ。住む人がいないと家が荒れるから、僕が住むことになった」

「ははあ、なるほど。確かに、空き家には色々住み着きますからねえ。俺っちも、そういう家に住んだことがありましたよ」

「へえ」

「なるほど、そういう事情で飯友募集ってわけでございますか。とはいえ、旦那には人間様の仲間はいないんですか？　つがいの相手とか」

　つがいの相手という言葉がいかにも猫らしくて、僕は小さく噴き出した。

「つがいっていうか、彼女な」

「人間は、つがいの相手をそういう風に言うんですかね？」

「そう。彼女はいない。就職でこっちに来て、それからは仕事しかしてないから、友達もできない。職場の人たちとはそこそこ上手(うま)くやってたと思うけど、それでもプライベートで付き合うなんて考えたこともないし」

「へえ。じゃあ、ずっとひとりぼっち？」

　猫はズケズケと問いを投げかけてくる。ひとりぼっちという言葉に、胸がズキリとした。

応じる声が、つい沈んでしまう。

「……だね。まあ、実家に戻ったときは家族に会うし、日頃はひとりでも全然苦にならないほうなんだけど、自分で作ったものをひとりで食べ続けるのだけは、ちょっとつまらなくてさ。誰かと一緒に飯を作って、味の感想を言い合ったり、テレビに突っ込みを入れたり、なんかこう、くだらない話がしながら食べたいなって、心のどっかでずっと思ってた」

　猫は腕組みして、うんうんとわかったふうな顔つきで相づちを打った。

「なるほどねえ。そういうことなら、俺っち最適じゃないですか。くだらねえ話、好きですよ。テレビも嫌いじゃないし。それに、人間ってなんでか知りませんけど、猫に色々話すのが好きみたいだし」

「参拝客の話？」

「そうそう。猫に言ってもしょうがねえだろうってことばっか言っていきますよ。旦那への愚痴（ぐち）とか、姑（しゅうとめ）への恨み言とか、給料が安いこととか、腰が痛いとか。猫ってのは、そんなに話しやすい相手なんですかね」

　首を捻（ひね）る猫に、僕は曖昧（あいまい）な返事をする。

「かもなあ。あ、胡瓜は好き？」

さっき鶏肉を見たときとは打って変わって、猫は胡乱げに目を眇め、綺麗に刻んだ胡瓜を眺める。

「どうでしょうねえ。食ったことはないなあ。昔、隣の家に住んでた犬はよく、ボリボリ旨そうに齧ってましたけど」

「マジで！」

「まじで」

打てば響くような猫の反応が、少し楽しくなってきた。

人に話せば、頭がどうかなったと思われるような事態であるが、動かしようのない事実として、僕の目の前で、猫は人間に変身してみせたのだ。

もう、多少のことはどうでもよくなった。今、このときが楽しければ、それでいいんじゃないだろうか。

「まあ、何でも食べられるっていうんなら、試してみる？　胡瓜も、他の、猫があんまり食べそうじゃないものも。食べてみないと、好き嫌いもわかんないだろうし」

「ですねえ。あっ、そうそう。俺っち、しっかりオトナなんで、酒とかも飲んでみたいですねえ。これとか。これ、酒なんでしょ？」

そう言うなり、猫は調理台の片隅に置きっぱなしになっていた、飲みかけのチューハイの缶に手を伸ばした。

「あっ、それ」

そして、咎める間もなく、グビリと一口飲んでしまう。

次の瞬間、「ぴゃんッ!」という形状し難い奇声を発するのとほぼ同時に、猫は缶を放り出し、垂直に飛び上がった。

「うわっ」

僕も驚いて、思わず悲鳴じみた声を上げてしまう。

さすが猫、大した跳躍力だ。あと十センチ高く飛んでいたら、頭のてっぺんが天井に激突していただろう。

どうにか無事に着地したときには、灰色の髪の中から、三角形の猫耳が一対、ぴょこんと飛び出していた。ざんばら髪は、あからさまにもっふりと逆立っている。

「な、何?　大丈夫か?」

僕は床に落ちた缶を拾い上げ、零れてしまったチューハイをペーパータオルで拭きながら訊ねた。

猫は無言のまま、両腕でグリグリと頭から顔を何度も擦って耳をしまい込み、それから喉元を押さえて僕を見た。

「旦那（だんな）、なんです、これ」

「チューハイ。軽い酒だけど」

「毒じゃないんですか。喉がピリピリしましたよ」

「毒じゃない、ただの水に溶けた二酸化炭素。炭酸だよ」

「へ？　何です？　タンサン？」

「いやまあ、とにかく毒じゃないってば。シュワシュワする飲み物ってだけ。そっか、猫だもん、炭酸を飲むのは初めてだよな。ビックリした？」

　猫は喉元に両手を当て、深く頷（うなず）く。

「喉が爆発するかと思いました」

「あははは」

　大袈裟（おおげさ）に喉をさすする猫の姿が可笑（おか）しくて、自然に笑い声が出た。

　そんな風に声を上げて笑うなんて、いつぶりだろう。この家で笑うといえば、テレビでお笑い番組を観て、ふふっと声が漏（も）れる程度だったのに。

「まだちょっとだけ缶の中に残ってるから、もう一度飲んでみれば？」

　僕は、すっかり軽くなってしまったチューハイの缶を、猫に差し出した。

　あらかた零れてしまったのは勿体（もったい）ないけれど、気晴らしは猫が十分にさせてくれたから、惜しいという気持ちはあまりない。

「はあ、そんじゃ……いやいやお言葉に甘えまして」

猫は両手で慎重に缶を受け取ると、今度は慎重に、というか実に怖々と、もう一口チューハイを飲んだ。

「ほんとでございますね、爆発しない！　安全な飲み物でした！　そうとわかればこのピリピリ、ちょっと面白くなってきたかも」

ガラス玉のようなまん丸目を輝かせる猫が面白過ぎて、僕は再び笑いながら、調理を再開した。


祖父母が揃ってこの家に暮らしていた頃、遊びに行くと、食事はいつもダイニングテーブルに出されていた。

でも今は、四人掛けのテーブルにひとりで座るのは侘しいから、食事はもっぱら茶の間のこたつか卓袱台で摂る。

今夜も僕はこたつの上に、初めて二人分の食事を並べた。

幸い、食器は祖父母が使っていたものがたくさんあるので、不自由はない。

今夜の献立は、鶏ハムの茹で汁にちょっと味を足して、そこに茹でた素麺を投入し、鶏ハムと白髪葱を具にしたフォー風のにゅうめん、粗く裂いた鶏ハムと胡瓜で作った棒々鶏、あとは小麦粉と卵で作った生地を薄く丸くフライパンいっぱいに焼いて、そこに塩胡椒で炒めた豚コマと豆モヤシを挟んだ、ベトナム風のお好み焼きだ。

猫を迎えて最初の食事がアジアン縛りというのはどうかと思うが、逆に、何ならふさわしいのかと問われれば、さっぱりわからない。

「こんな感じで大丈夫かな？」

こたつに潜り込みながら訊ねてみると、猫はそれぞれの皿に鼻先を近づけ、ふんふんと嗅ぎながら答えた。

「魚は見当たらないのに、どっかから魚の匂いがしますね。旨そう」

「ニョクマムかな。ベトナム料理に使う、魚醤……ええと、魚で作った醤油みたいなもんなんだ。隠し味に、麺とベトナム風お好み焼きの具に入れた。さすが、鼻がいいな」

猫は得意げに、自分の低い鼻を指さす。

「そりゃ、俺っち、正真正銘の猫っすからね。あー、それにしても、人間の手は便利だな～。指が長いから、何でもできるじゃないですか、ほら」

そう言うなり、猫は両手でお好み焼きをむんずと摑み、引きちぎろうとする。途端に彼は、焼きたてのお好み焼きに悲鳴を上げた。

「あちちちッ！」

「ちょ、待って待って！　何してんだよ。箸があるだろ！」

「箸？　ああ、そっか。人間はこの棒っきれを使って飯を食うんでしたっけ。そこは大事なとこなんです？」

「マナー的に重要」

「一体全体そのマナーとかいうのは、猫にも必要なんですかね？」

「必要かどうかはおいといて、手摑みじゃ、手が汚れるだろ」

「汚れても、舐めればすぐ綺麗になるでしょ」

「ううううん。いちいち舐めてたら、時間がかかってしょうがないだろ。っていうか、他はともかく、にゅうめんは手摑みが逆に難しそうだし。そうだ、フォークなら、カトラリー初心者でも何とかなるんじゃないかな。待ってて」

僕は立っていって、食器棚からディナーフォークを二本取って戻ってきた。一本は自分で持って、にゅうめんを掬ってみせる。

「ほら、これはこうやって麺を掬うのにも使えるし、他のものを刺して食べるのにも使える。便利だろ？　箸は急には無理だろうから、とりあえずはフォークを使ってごらんよ」

銀色のフォークを受け取り、幼子がするようにギュッと握り込んで、猫は目を輝かせた。

蛍光灯の下で、虹彩が金色に光る。

「いいっすね、人間の手！　摑めたり握れたり。あー、ふぉーく、でしたっけ？　こりゃまた便利だわ」

猫は棒々鶏の鶏肉をグサリと刺して、そのまま頰張ろうとした。

「あー！　ちょい待ち！」

僕は慌ててその手首を摑む。猫は、むしろ迷惑そうに僕を見た。

「まだ何かあるんですか？」

「ご飯を食べる前には、いただきますだよ！　食べ終わったら、ごちそうさま。気にしない人もいるけど、やっぱ僕は気にするほうだから、うちの家ではちゃんと挨拶しよう」

挨拶なんて概念は猫にはないと言われるかと思ったのに、猫はそれを聞いて、「あー」と、フォークを持ったままポンと手を打った。

「それ、ふわっと覚えてますよ。俺っちの知ってる人間たちもやってました。そんじゃま、やりますか。えっと、いただけます？」

「惜しい、いただきます、だよ。フォークはいったん置いて」

「へいへい」

若干めんどくさそうな顔ながら、猫は律儀にフォークを取り皿の上に置く。

「じゃ、いただきます」

「いただきます」

僕が軽く頭を下げると、猫も神妙な顔で真似(まね)をした。

「よし、食べよう」

僕がそう言うのとほぼ同時に、猫は再びフォークを取り、突き刺したままの棒々鶏を口いっぱいに頬張った。

それを皮切りに、彼はすべての料理を休みなく口に詰め込んでいく。文字どおりの「ガツガツ」だ。

「うん、うめえ。これも、これも、こっちも、全部うめえ。人間の食い物って、いいもんでございますねえ」

「こら、犬食いになってるぞ。猫なんだろ。器(うつわ)に口を付けるときは、口じゃなくて器を持っていく。行儀(ぎょうぎ)のいい食べ方も、一応覚えろよ。……でもまあ、ありがとな。やっぱ、誰かが旨いって言って、僕が作ったものを喜んで食べてくれるってのは、嬉しいもんだね」

片(かた)っ端(ぱし)から料理を褒めてくれる猫をやんわり窘(たしな)めつつ、僕は同時にお礼を言った。

すると猫は、人間にしては長すぎる舌で唇についた棒々鶏のタレを舐めてから、僕をつくづくと見た。

「どういたしまして、とか言うんでしたっけね、人間は」

「そうそう。謙虚でよろしい。……はあ、今日は激動の一日だったなあ。しょっぱなから会社が潰れて……」

僕が思わず一日の総括を始めようとすると、猫は不思議そうな顔で「それ」と言った。

「どれ？」

「さっきお社でも、旦那は『会社が潰れた』って言ってましたけど、何か落ちてきたんです？　よほどでっかいもんなんでしょうね。それとも、崖崩れ？」

どうやら猫は、僕の会社が物理的に「潰れた」と思っているらしい。僕は力なく笑って、残った棒々鶏をすべて猫の取り皿に入れてやりながら説明を試みた。

「じゃなくて、この場合の『潰れた』は、経営が破綻したって意味。社長が夜逃げしたんだ。まあ、経営が思わしくないのはうすうす感じてたけど、まさかこんな終わり方になるとはね。好きな仕事だったから、残念だな」

すると猫は、気の毒そうに眉をハの字にして頷いた。

「夜逃げ……。はあ、なるほど。ありゃ、嫌なもんですよね」

僕はちょっと面食らって、猫の訳知り顔を覗き込む。

「夜逃げはわかるんだ？」

猫は、気障に肩を竦めてみせる。

「まあ、ね。ところで、旦那の仰る好きな仕事ってのは、どんなもんだったんです？」

僕は、新しく出してきたチューハイを、二つのグラスに注ぎ分けながら答えた。

「うちの会社、宅配弁当サービスをやってたんだ。つまり、弁当を色んな施設や会社に届ける仕事。弁当はわかる？」

「あの、ちまちまっと箱にご馳走を詰める奴でしょ？　旦那、弁当を作る仕事をしてたんですか？」

「あ、いや。正確には、弁当の献立を作る人」

「献立？」

「どんな料理を弁当に詰めるかを決める人だよ。料理のアイデアを出して、試作して、偉い人たちに食べてもらって、オッケーを貰うんだ」

するとと猫は、棒々鶏を慣れないフォークで苦労しながら突き刺しつつ、感心した様子で僕を見た。

「へぇえ。じゃあ、仕事でも家でも料理なんでございますか」

「まあ、仕事の料理と家でする料理はちょっと違うから」

「んん？　何が違うんです？」

「ほら、仕事だと、味だけじゃなく、見栄えとか栄養価とか原価とか季節感とか、色々理屈で考えなきゃいけないことが多いんだ。家では、単純に好きなもの、食べたいものを作って食べるから、もっと気楽だろ」

「へえ。じゃ、仕事の料理は気楽じゃなかったんです？　それでも好きな仕事だったんですか？」

「いや、確かに気楽じゃなかったけど、それはそれで楽しかったよ。やり甲斐（がい）もあったし。だけどまあ、終わったことを懐かしんでもしょうがないよな。いい休暇をもらったと思って、しばらくは家で、自分のためだけ、じゃなかった、お前と僕のための料理を楽しむことにする」

　そう言うと、猫は嬉しそうに笑って、灰色のジャージの胸元を叩いた。

「俺っちは、ハケン飯友を目いっぱい楽しみますよ。今んとこ何食っても旨いから、旦那は料理が上手みたいでございますしね」

「それ」

「へ？」

「ずっと思ってたんだけど、その『ございます』っての。お前が喋（しゃべ）ってるとき、突然、その丁寧（ていねい）すぎるフレーズがちょいちょい混ざり込むの、何の癖（くせ）？　妙に気になる」

僕としては何げないツッコミのつもりだったのに、猫はそれを聞いて、急に寂しそうな顔になった。小さく肩を竦め、洗っただけのサラダ菜を一枚取る。

さっき猫が無造作(むぞうさ)にちぎろうとしたベトナム風お好み焼きは、一口分を取ってサラダ菜でくるんと包み、スイートチリソースをつけて食べると美味(おい)しいのだ。

最初は面倒くさがっていた猫も、この食べ方なら後半は手摑みでいいこともあって、すっかり気に入ったらしい。

意外と丁寧にサラダ菜にお好み焼きを包みながら、猫はどこか恥ずかしそうに答えた。

「ガキの頃によく聞いた言葉ってのは、猫の小さな頭にも染みついちゃうもんなんですかね」

「っていうと？　さっきから、時々人間の生活を知ってるようなことを言ってたけど、もしかして、元は飼い猫だった？」

なんだか人のプライバシーに土足で踏み込んでいるようで、どうにも気が引けるが、好奇心が勝る。僕の不躾(ぶしつけ)な質問に、猫はやはり妙にはにかんで頷(うなず)いた。

「まあ、ね。俺っちが、可愛(かわい)い可愛い子猫だった頃ですよ。猫の親の顔は覚えちゃいませんけど、拾ってくれた人間の顔は、うっすら記憶に残ってます。旦那よりもっと歳(とし)とった夫婦と、毎朝、おんなじ黒っぽい服を着込んでどっかへ出掛けていく女の子がいたなあ」

「つまり、中学生か高校生の娘がいる夫婦の家か」

「そこんちの奥さんがね、電話に出るときだけ『もしもし、なんとかでございまぁす』って言うんですよ」

猫の物真似が存外それっぽくて、僕はチューハイを飲みながらちょっと笑ってしまった。

「わかる。うちの母親も、電話のときだけ『ございます』って言ってたな」

「そうでございましょ？　昼寝しながら聞いてると、なんだかそれが面白くてねえ」

「で、その癖がうつっちゃったんだ」

「いつの間にか、そうみたいですね。大昔のことなのになあ」

溜め息交じりにそう言って、猫はうんざりした様子で、お好み焼きを一口で頬張った。

なんだか、ふて腐れた子供みたいな顔だ。

僕は、躊躇（ためら）いながらも先を促してみた。

「そのおうちの人たちと、いつ、どうして別れることに？　あ、嫌だったら無理には」

「別に。なんてことはない話ですよ。三年くらい、可愛がってもらったかなあ。けど、ある夜、いなくなりましてね」

「いなくなったって」

「さっき旦那が言ってた、夜逃げ？　きっとそれなんでしょ。持てるだけの荷物まとめて、夜中に急に出ていきました。女の子は泣いてましたっけね。最後に俺っちのこと、ぎゅっと抱き締めて」

「連れてってはもらえなかったんだ？」

「逃げるのに、猫なんぞ連れていけないでしょう。その後、家に嫌な感じの男たちがドヤドヤ来て、雲行きが怪しいんで、俺っちは家を出たんですよ。そっからは延々、流れ流れて、何の因果か、今はお社の猫って寸法です」

「なるほど」

「ま、いいとこですよ、お社は。日向も日陰も望み次第、雨風を凌げて、カリカリをくれる人もいる」

猫の軽い口調には、同情を拒むような、やけに強い調子がある。僕は、「そっか」と頷くしかなかった。

結局、猫は出したものをすべて綺麗に平らげ、デザートにカップアイスまで食べて、「そんじゃ、また明日」と、猫の姿になって帰っていった。

僕は家の外まで出て、街灯に照らされた小さな姿が見えなくなるまで見送った。

若干、猫の足取りが怪しいのは、二人、いや一人と一匹でチューハイを三缶も空けてしまったせいかもしれない。

僕も、頭がふわふわする。

ビックリするほど、楽しいお酒で、楽しい食事だった。

ハケン飯友、悪くない。いや、むしろ思った以上にいいものかもしれない。

誰にも言えない不思議な出来事だけれど、お社の神様に感謝、そして、お賽銭に千円もはずんだ僕自身にグッジョブと言いたい。

さて、明日の夜は何を作ろうか。

仕事を失ったという厳しい現実をひとまず頭から追い出し、僕は明日の買い物の段取りに思いを巡らせながら、再びひとりぼっちの家の中に戻っていった……。

二章

猫と縁側

ベッドの中で、ごろんと寝返りを打つ。

目の前には窓があって、カーテンの隙間（すきま）から入ってくる光の角度や強さで、だいたいの時刻がわかる。

たぶん今は、午前九時くらいではないだろうか。

首を巡らせ、サイドテーブルに置いた目覚まし時計で答え合わせをする。それが、ここしばらくの、僕の毎朝の習慣になっている。

午前八時五十三分。

ほぼ正解と言っていいだろう。一日のスタートとしては、なかなか悪くない。

（いくらでも眠れるとなったら、かえってそれほど眠れないもんだなあ）

今朝もちょっとガッカリした気持ちで、僕は身を起こした。

ベッドから床に下ろした足の裏が、あまりヒンヤリしなくなってきた。夏が近づいてきた証拠だ。

僕が何もしなくても、季節は順調に進んでいる。

なんだかちょっと、置いてけぼりの気分だ。

そんなことをぼんやり思いながら、僕は裸足（はだし）のまま寝室を出て、つるつるした板の間の廊下（ろうか）を歩き、キッチンへ行った。

昨日、洗ってカゴに伏せておいたままのグラスを取って、水道水をなみなみと汲んで飲み干す。

起き抜けには白湯を飲むと身体にいいなんて聞いたことがあるけれど、朝からお湯を沸かすのは面倒だ。

そういえば、水道水もずいぶん生ぬるくなってきた。

「はあ……。何だかなあ」

だんだんわびしくなってきて、ひとりぼっちの家の中で、僕はグラスを持ったまま小さな咳をした。


「咳をしても一人」


高校時代の現代国語の時間に習った自由律俳句が、ふっと頭を掠める。

あれは、誰の句だっただろうか。

先生が、「咳は冬の季語ですが、この俳句は自由律なので、特にそれにこだわって詠んだわけではないんですよ、春夏秋冬、咳をしても一人、なんです」、なんてことを、したり顔で教えてくれたのを覚えている。

当時はつまらない、どうでもいいような辛気くさい句だと思ったけれど、今になって、言葉に秘められた何とも言えない寂しさが、ジワジワ全身に滲みてくるようだ。

あの頃は実家にいて、毎日両親と顔を合わせていたから、こんなひとりぼっちの寂しさは知らずにいた。

朝、起きて階下に行くと、母親はきまって台所にいて、眠そうな顔で弁当を詰めていた。僕が幼い頃は、悠々とテーブルについて新聞を読んでいた父も、僕が実家を出る頃には、そんな母の横で甲斐甲斐しく生ゴミをまとめていたっけ。

そんな光景や、毎朝流れていたラジオ番組の男性アナウンサーの声を思い出していたら、急に胸がギュッと締め付けられるような気分になって、僕はグラスをシンクに置いた。

過ぎ去った日々が懐かしくなるのは、加齢現象の始まりかもしれない。

まずい。こんな生活をしているから、二十代なのに老け始めてしまったんじゃないだろうか。

だいいち、離れて暮らしているだけで、まだピンピン元気にしている両親のことを考えて切なくなってどうする。

「しっかりしろ、僕」

僕は思わず自分に活を入れるべく、両手で軽く頬をペチリと叩いた。

すっかり目が覚めてしまい、もう二度寝できそうにないので、顔を洗うべく洗面所へ向かう。

ひとりなんだから、キッチンで歯磨きや洗顔をしてしまっても、誰も僕を責めたりしないけれど、そこは仮にも食品関係の仕事をしていた矜持だろうか。

料理をするところと、身支度をするところは、きっちり分けておきたいのだ。

もう、そんな矜持は何の役にも立たないのだけれど。

三ヶ月前、年明け早々に会社が倒産して以来、僕はいわゆる無職ライフを送っている。

あまりにも突然に職場がなくなったので、やる気とかガッツとか、そういうものも一緒になくなってしまったらしい。

幸い、多くはないがそれなりの蓄えがあるし、ここは祖母の家なので家賃も要らない。

失業給付金を貰う手続きもできたので、大急ぎで新しい職を見つける必要はないのだ。

勿論、失業給付金を貰う資格を得るために、ハローワークへ行って求職の申し込みをしたし、実際、そう遠くない未来に再就職したい、しなくてはいけないという気持ちはあるけれど、まだ行動を起こすのに十分なだけのモチベーションが生まれてこない。

（こういうの、中途失業でもモラトリアムっていうのかな）

そんなことを考えながらも、歯を磨き、顔を洗い、部屋着に着替える。

実を言うと、失業して最初の一ヶ月は、買い物に出る以外、ずっとパジャマのままで過ごしていた。

せっかく訪れた「自由」を、この際だから満喫してやろうと思ったからだ。

でも、何だかそんな風に暮らしていると、どんどん自堕落になってしまいそうで怖くなり、結局、ある程度は規則正しく過ごそうと思い直した。

自分がいかにもつまらない小心者のようで気が滅入るけれど、まあ、きちんとして悪いことは何もないだろう。

「ああ、本当に良い天気だ」

家を一周して雨戸を開け、窓も開けて風を通しながら、思わずそんな声が出た。

四月になって、早くも昼間は汗ばむような日が増えてきたものの、朝夕はちょうど過ごしやすい気温だ。

しばらく待って、今度は開けた窓を順番に閉めていく。いくら治安のいい街だといっても、誰もいない部屋の窓を開けておくほど、僕は無防備ではない。

それから、チョコがけのコーンフレークに低脂肪の牛乳をたくさんかけたものを朝食に食べながら、朝の情報番組を観る。

学生の頃も、仕事をしていた頃も、朝は忙しくてそんな余裕はなかったけれど、観てみると、なかなか面白いものだ。

政治も芸能も天気予報もスポーツもライフハックも全部盛り合わせて二時間にまとめるなんて、毎朝のことだから大変だろうに。

何だか、世の中の色々なことにずいぶん詳しくなってきた気がする。

（さて、今日は何をしようかな）

テレビを付けっぱなしで食器を洗いながら、そんなことを考える。

まるで、毎日が日曜日。

正直、それは十代の頃からずっと憧れてきた生活だ。

でも、実際にやってみると、想像していたほどワクワクするものではない。

いつでも行けると思ったら、途端に腰が重くなってしまって、行きまくろうと思っていた映画にもコンサートにも、全然行く気がしない。

せいぜい、家でネット配信されている映画やドラマを、二つ折りの座布団を枕に寝転がって、ダラダラ観るのが関の山だ。

おかしいなあ、と日々思う。

会社で過ごす時間を自由に使うことができたら、もっと楽しく有意義に暮らせるはずだとずっと思っていたけれど、これなら、仕事をしているほうがずっとマシだ。

勤めていたときの僕には、たとえわずかでも他人様のお役に立てていた自負があった。

　でも、今の僕は、ただ生きているだけだ。世間的に、何の価値もない。

　そんなことを考えると、楽しいどころか、むしろどんどん気持ちが滅入ってくる。

　ただまあ、今の暮らしにも、二つだけいいことがある。

　一つは、家のメンテナンスに十分な時間を費やせること。

　何しろ祖父母が若い頃に建てた古い昭和の家なので、本来は日々の手入れが欠かせないはずなのに、これまではほとんど手をかけられずにいた。

　でも今は、お金さえかからなければ、時間も手間も無尽蔵にかけられる。

　たとえＤＩＹのやり方がわからなくても、だいたいはインターネットで検索すれば、懇切丁寧な動画が見つかるものだ。

　おかげで、ずっと立て付けが悪かった雨戸を次々修繕して、どれも戸袋にスムーズに入って行くようにできたし、サッシの溝に詰まっていた積年の落ち葉やゴミも綺麗に取り除けた。

　三回に二回くらいしか鳴らなかったインターホンも、やってみれば自分で簡単に交換できたし、ずっと水滴がポタポタ落ちるのが気になっていたシンクの蛇口も、パッキンを取り替えてスッキリした。

かなり長い間ほったらかしで黄ばんでいた和室の障子も張り替えた。

途中、かつて祖母が、桜の花の形に切った障子紙で穴を塞いだ箇所だけは、何だかそのまま残しておきたいような切ない気持ちになったものの、そういうわけにもいかないので、心を鬼にして全部剝がして真っ白な紙を張った。

実家には和室がなかったので、障子の張り替えもYouTubeの動画を見ながら見よう見まねでやったため、最初の一張り二張りはずいぶん不格好な仕上がりになったが、最終的には、かなり上手になれたと思う。

次の機会があったら、もう少し上手に、素早くやれることだろう。

この三ヶ月で、この家はずいぶん見栄えがよくなった……と、自画自賛したいところだ。

実際、居心地もよくなってきた。

人間、時間と気持ちさえあれば、素人でも意外と色々なことができるものらしい。

そして、もう一つのいいことは……。

「今夜は何を作ろうかな」

そう、夕食の準備に、存分に時間をかけられることだ。

これまでは、食にまつわる仕事、つまり会社や学校、病院向けの給食や弁当を製造・配達する会社に勤務していながら、自分の食べるものには相当無頓着だった。

何しろ、来る日も来る日も他人の献立を考え続ける業務だったので、会社を出たらもう、自分の食事のことを真剣に考える気力が残っていなかったのだ。

　かといって毎日外食するほど経済的な余裕はないし、わりに胃腸が弱くて、脂っ気や塩分の強い市販の食べ物はやや苦手なので、自炊だけはしていたけれど、それも、安く上がって簡単で、手っ取り早く腹を満たせるものを作りたいという欲求しかなかった。

　でも、無職になってからは、やはり経済的理由で贅沢はできないものの、やりくりを工夫して、美味しいものを作ろうという気持ちが少しずつわき上がってきた。

　原価と栄養価ばかりを気にしていた会社員時代と違って、自分の好きなもの、美味しいものを作って食べたいという意欲が増したし、何しろ時間はいくらでもあるので、手間の掛かる料理も躊躇わず作れる状況だ。

　さらに、僕が家庭料理により強い興味を持つことになった理由は、もう一つある。

　にゃーん。

　噂をすれば影どころか、頭によぎらせただけで本人、いや、本猫だ。

　茶の間のガラス戸を外からカリカリ引っ掻く微かな音と共に、間延びした猫の声が聞こえた。

　もうすっかりお馴染みになったその声に、僕は茶の間の障子を開け、縁側に出て掃き出し窓を開けた。

雨戸は既に開けてあったからまだよかったけれど、古い家は、無駄に開け閉めする箇所が多いのだ。

窓を開けるのとほぼ同時に、灰色の大きな猫が縁側に飛び上がってきた。サイズのわりに、軽やかな動きだ。

「猫、おはよう」

呼びかけると、猫は太い前脚で大きくて丸い頭をゴシゴシと擦りながら「なう」とぞんざいに一声鳴いた。

この猫の名は、そのまんま「猫」という。

うちの飼い猫ではなく、近所にある小さな神社（「叶木神社」というのだと、つい最近知った）の境内に住み着いている、いわば野良猫だ。

誰に言っても信じてもらえないだろうから言わないが、今年の一月、忘れもしない失職した日の夕方、僕はその神社である願い事をした。

ひとりぼっちの食卓があまりにも味気ないので、他愛ない話をしながら一緒に食事ができる仲間がほしい。

そう心の中で告げ、無職の身の上ではずいぶん思いきった、千円ものお賽銭を投資、もとい納めて、僕は家に帰った。

その夜にやってきたのが、この「猫」だ。

しかも、人間……若い男の姿に化けて。

なんでも、神様が手近にいた暇な猫を、僕のための「ハケン飯友」に任命し、日が落ちてからは人間の姿に変身できるよう、取り計らってくれたらしい。

僕はもともと、スピリチュアル系には何の興味もない。幽霊や妖怪も、躍起になって否定したりはしないけれど、特に信じてもいない。

本来ならば、猫が人間の姿に化けるなどという馬鹿げた話は信じるはずもなかったが、猫に、目の前で完璧に変身されてしまっては、信じるも何もない。

そもそも「猫」というあまりにもあんまりな呼び名も、彼自身がそう呼べばいいと言ったのだ。

その夜は、まだ失業のショックも心に新しく、きっと、色々なことがどうでもよくなっていたのだろう。我ながら驚くほどあっさり、僕は猫のことを受け入れた。

以来、猫は毎晩、日が落ちるとうちにやってきて、僕と一緒に夕食を食べる。

時には、軽く家飲みをしていくことさえある。

さらに最近では、朝、神社で「看板猫」の仕事を始める前に、こんな風にうちに立ち寄ることがある。

本人曰く、「神社では丸くなって寝てるのが仕事でございますからね。その前にちっと近所を一周して運動しないと、いくら猫でも身体が鈍っちまいますよ」だそうで、人間における早朝ジョギングのような感覚なのだろうか。

なー。

夜以外の時間帯は人間の姿になれないし、人の言葉で喋ることもできない猫は、表情と声色で感情を伝えてくる。

僕のほうも最近では、ある程度、彼の言いたいことがわかるようになってきた。

今の「なー」は、さしずめ、「寝坊したのか」の意味ではないだろうか。

「ちゃんと起きてたよ。ちょっとのんびりしてただけ」

どうやら、僕の推理は当たっていたようだ。

猫は疑わしげに金色の目を細めると、わざとらしい欠伸をした。

疑われている。

「ホントだって。それより、何か朝飯食べる?」

そう訊ねてみたが、猫は知らん顔で顔を洗っている。

一応、こんな質問をするからにはと、先日、コンビニで小袋入りの猫用ドライフードを調達しておいたのだが、猫がそれを欲したことは一度もない。

　本人は意外と照れ屋で詳しくは語らないが、どうも毎朝、散歩の途中で神社に立ち寄る老人たちの中に、キャットフードを携(たずさ)えてくる人がいるらしい。

　きっと猫は、彼に餌(えさ)を与えることを楽しみにしているそうした人たちを、ガッカリさせないようにしているのだろう。

　だから僕は、敢(あ)えてそれ以上勧めようとはせず、祖母が使っていた古いお茶碗(ちゃわん)に水をなみなみと汲(く)んできて、縁側に置いてやった。

　神社の境内には手水舎(ちょうずしゃ)すらないので、新鮮な水には不自由していると聞いたからだ。

　なーん。

　今度はご機嫌な、ちょっと高い声で鳴いて、猫は立ち上がり、ちょぷちょぷと小さな音を立てて水を飲み始めた。

　小さな舌が、水をほんの少しずつ掬(すく)うように動く。決して効率がいいようには見えないが、猫たちはずっとアップデートせずに代々その舌でやってきたのだから、その形には何かメリットがあるに違いない。

　僕は、そんな猫の横で、板張りの縁側に体育座りをして、庭を眺めた。

　祖父は庭いじりの好きな人で、彼が存命中、つまり僕が幼い頃は、小さな……それこそ猫の額のような目の前の庭には、ツバキの鉢植えがところ狭しと並んでいた記憶がある。けれど、僕が中学生のときに祖父が死に、祖母は鉢植えをすべて売り払ってしまった。とても面倒を見られないと思ったのだろう。無理もない。

祖母は草花にまったく興味を示さない人で、玄関に花を生けてあった記憶など一度もない。

祖父が死んでから、ひとり暮らしが難しくなって老人ホームに入るまでの数年間は、僕が記憶する限り、祖母はいつも茶の間の畳の上に寝ころび、一日じゅうテレビを見ていた。しかも、ワイドショーだろうが時代劇だろうが歌番組だろうが、お構いなしの手当たり次第だった気がする。

穏やかといえば穏やかな日々だが、きっと退屈だっただろうに。

食事をはじめ、日々の色々なことに几帳面で神経質だった祖父が死んで、祖母は好きなだけ自堕落になれる生活を満喫していたのかもしれない。

(あれ、だけどそれ、今の僕と一緒じゃないか)

だとすれば、祖母もある時点で、そういう生活に飽きたのではなかろうか。でも、高齢の彼女には、そこから何か新しいことを始める気力も体力も、もう残されていなかった……そういうことなのだろうか。

（だとしたら、何だか可哀想だな、お祖母ちゃん）

たまに遊びに行くくらいで、大の仲良しというわけではなかった祖母に対して、そんな同情の気持ちが湧いたのは、これが初めてだ。

祖母のいる老人ホームがかなり遠いことと、比較的その近くに住んでいる叔母から、認知症が多少は始まっているのか、ひどく気難しくなったと聞いたことが相まって、ずいぶん長く会いに行っていない。

新しい仕事が見つかったら、休日の遠出が再び億劫になってしまうことだろう。「大人の夏休み」の今、一度、顔を見せにいくのもいいかもしれない。

それが祖母にとって、どの程度意味があることかはわからないけれど。

そんなことをぼんやり考えていたら、いつの間にか、猫の姿は縁側から消えていた。

「あれ？」

視線を巡らせると、隣家との境のコンクリート塀の上を、長い尻尾をユラユラさせてバランスを取りながら、優雅に去って行く灰色の後ろ姿が見えた。

「なんだよ、もう行っちゃったのか」

僕はちょっと呆気にとられて、ゆっくり遠ざかる猫のお尻を、彼が塀の端っこから向こう側の道路に飛び降り、見えなくなるまで見送った。

いつもなら、にゃーと一声くらい挨拶してから行くのに、今朝は、どうしてだんまりで行ってしまったのだろう。

もしかしたら、僕が考え事をしていたから、気を遣ってくれたのだろうか。

いや、あいつにそんなデリカシーはないか。

「今夜、何食べる？　って訊こうと思ったのにな」

そうこぼしつつ、僕は家の中に戻った。

勿論、夜が来るまで猫は人間の言葉が喋れないので、「何を食べる？」と訊ねたところで、ハッキリした返事を聞くことはできない。

それでも、「肉？」「魚？」と順番に訊きさえすれば、だいたいの希望を知ることはできる。

いつかテレビで、偉い動物学者の先生が、「猫は表情が乏しいので……」なんて言っていた記憶があるけれど、とんでもない。

僕も、猫と知り合うまで、彼らの表情など気にも留めたことはなかった。

でも、少なくとも僕のうちに来る猫は、なかなかに表情豊かだ。

機嫌がいいとき、悪いとき、好きと嫌い、まあまあ、どうでもいい、眠い……他にも色々と、それこそ目つき一つで伝わってくる感情がたくさんある。

「仕方ないな。今日は、僕の食べたいものを作ってしまおうか」

たまには、何の予定もなくスーパーマーケットに行き、お買い得の食材を組み合わせて料理を決めるのも楽しそうだ。

「よし、それでいこう」

時間を持て余している身なので、何かしら行動が決まると、それだけで妙に嬉しい。僕は張り切って、外出の支度を始めた。


「ちょっと……張り切りすぎたかな」

駅前のスーパーマーケットからの帰り道、緩い上り坂を歩いていた僕は、両手に提げたエコバッグをいったん下ろし、指をニギニギした。

止まっていた血がようやく流れ始めたような、軽い熱感を指先に感じる。

食べ物を地べたに置くのは嫌なので、バッグは僕の足の甲に一つずつ載せる。革靴なら難しいかもしれないけれど、バスケットシューズなら、わりに上手くいくのだ。

見下ろしたエコバッグは、我ながら呆れるほどパンパンだった。

いつもは買い物には午後から行くので、午前中にスーパーマーケットに行ったのは初めてだった。

意外と空いている。

そして、当たり前だけれど、品揃えがとてもいい。

夕方に行くより、おつとめ品の類が少ない分、肉も魚も野菜も新鮮で、魅力的に見える。

今日のサービス品は、惚れ惚れするようなピカピカの鯖を二枚下ろしにしたもの、それに鶏ササミ、スナップえんどう、小アジ、さわらの切り身、春キャベツ、そしてグリーンピースとアスパラガスだった。

どれも嬉しかったが、特に嬉しかったのはグリーンピース、そして、普段は高くてなかなか手が出ない、太くて立派なアスパラガスだった。

そうしたサービス品を次々とカゴに入れながら、今日はこれを作ろう、明日はこれ、明後日には……と献立を考えるのは、とても楽しかった。

楽しすぎて、つい買いすぎた。

(でもまあ、日持ちしないものとするもの、冷凍できるもの、色々買ったから、しばらくもつな。やっぱり、早い時間帯に行くと、ゆっくりいいものを選べて、これはこれでいいなあ)

そんなことを考えながら、僕は再びズッシリ重いエコバッグを提げなおし、歩き出した。

指はまだ痛かったが、いくら人通りが少ない時間帯といえども、歩道の真ん中でいつまでも突っ立っているわけにはいかない。

(それにしても、家まで遠いなあ)

僕は、思わず溜め息をついた。

駅前のショッピングエリアまで、自宅から徒歩二十分あまりかかる。

会社に勤務していた頃からずっと、幾度となく自転車購入を検討したものの、結局実行に至らなかったのは、駅前の駐輪場がいつも地獄のように満杯で、停めきれなかった自転車が外に溢れているのを毎日見ていたから、そして、この微妙な坂道だ。

普通に自転車を漕いでクリアするにはやや消耗しそうだし、だからといって電動自転車を買うほどでもないような気がする。

というわけで、今日も今日とて、重い荷物を提げて家路を辿っているわけだが、ふと気付けば、叶木神社の前に差し掛かっていた。

(猫、「仕事中」かな。ちょっと覗いていってやろうかな)

顔を出して、あの小さな社殿の階段あたりで丸くなっているであろう猫に、「お勤めご苦労さん」と声を掛けたら、どんな顔をするだろう。

喜ぶだろうか、迷惑がるだろうか、ああいや、きっとあいつなら、知らん顔だな。

でも、少しは驚いてくれるかもしれないし、そもそも、あいつを派遣してくれた神様に、楽しくやってます、ありがとうございますとお礼を言ったほうがいいような気がする。

さっきの会計で、小銭のおつりを潤沢に貰ったから、今日はお賽銭にも心配はない。僕は通りを渡り、神社に足を向けた。

神社なら、お参りのついでにどこかに荷物を下ろして、もうちょっと長く、一休みできるだろう。

今日はさほど暑くないから、猫としばらく日向ぼっこをするのも悪くない。

何なら、買ったばかりの食パンに、これまた買ったばかりのハムでも挟んで、即席のランチにしてしまってもいい。ああでも、猫の姿のときの猫にハムはよくないから分けてやれないな、などと考えながら、午前中でもやっぱり薄暗い、鬱蒼と木々が茂った細い参道を抜ける。

両手にエコバッグを提げていると、バッグの側面が飛び出した枝に擦れてガサガサと賑やかな音が出た。これでは、こっそり近づいて猫を驚かせるのは無理そうだ。

ほどなく、絡み合う枝の向こうに、台風でも来たら土台から吹っ飛びそうな小さい社殿が現れる。

「あ」

社殿の前にある賽銭箱。その手前からこちらへ向かって続く踏み石を、けんけんぱ遊びのように飛び越えて、こちらへ向かって来るのは、猫だ。

（何だよ、予想外の大歓迎か？）

むしろ驚きながら、僕は彼に声をかけようとした。

だが、それより早く、猫は、これまで聞いたことがないような声を出した。

ギャー!!

もはや、にゃー、でさえない。

滅茶苦茶叱られている気がする。

今朝はそんなに不機嫌ではなかったのに、僕がいったい何をしたというんだろう。

「何だよ、どうしたんだ？」

もしや今朝、考え事に耽っていて、猫にいっておいでと言うのを忘れたことに、そんなに腹を立てているのか？　まさか、そんな。

「なあって。どうした？」

さらに問いかけると、猫は再び大きな、尖った声で鳴いて、飛び石の上に座った。

こっちへ来いと言いたげな仕草と顔だ。

（あいつを驚かせたかったのに、こっちが困惑させられてるよ）

渋い気持ちで、仕方なく、僕は彼の「指示」に従った。

僕がちょっと近づくと、猫はサッと社殿の脇へ入って行く。

「おい、そんな狭苦しいところ、嫌だって。僕は人間なんだぞ」

一応、抗議してみたが、聞く耳を持ってはもらえなそうだ。

僕はやむなく、社殿の片隅に、神様に「すぐどけますから」と謝って、エコバッグを置いた。それから、猫が消えたほうへ進んでみる。

猫の姿が見えたかと思ったのも束の間、猫は今度は、社殿の裏手へ向かった。

そこも鬱蒼と木々が生い茂り、天気がいいのに薄暗くて、気味の悪い場所だ。

「嫌だなあ。何だよいったい……うわっ！」

それでも、好奇心と猫への義理で、従順に社殿の裏手に回り込んだ僕は、悲鳴を上げてしまった。

社殿と木立との間にある、風呂場くらいの小さなスペース。そこに、高齢の女性が倒れていたのだ。

「ちょ……大丈夫ですかッ！」

どうしてこんなところに人が……などと考えている場合ではない。僕は泡を食って、女性に駆け寄った。

猫は、うつ伏せになった女性の、こちらに向いた顔のすぐ横にちょんと座った。

その緑色や金色に光る目は、「何とかしてやれ」と僕に告げている。

「言われなくても！」

僕は両膝を冷たく湿った地面について身を屈め、まずは女性の耳元で、もう一度、声を張り上げてみた。

「もしもし！　大丈夫ですか！　僕の声、聞こえますか！」

「うう……」

すると、こちらを向いた蒼白な顔が歪み、紫色の唇から、呻（うめ）き声が漏（も）れた。

（とりあえず、生きてる！）

死体でなかったことには猛烈に安心したが、かといって、これ以上、僕にできることは何もない。

潰れた会社で受けたＡＥＤ講習会で、「倒れている人をみだりに揺さぶったりしてはいけません。脳卒中（のうそっちゅう）のときに、症状をかえって悪化させたりします」と講師の先生が言っていたことを、ふっと思い出す。

「そうだ。抱き起こすのも、よくないんだよね。じゃあ、このまま……」

僕はカーゴパンツの後ろのポケットから、スマートフォンを抜き出した。

「一一〇番……じゃない、この場合は、救急車だよな。ええと、救急車は何番だ？」

普段なら常識としてスッと出てくるはずの電話番号が、酷く驚き、動揺しているせいで、咄嗟に出てこない。緊張して、スマートフォンを操作する指が震えている。

にゃー！

猫は、そんな僕に一声鳴くと、しっかりしろと言いたげに、大きな身体を擦りつけてきた。

肘のあたりに、温かな塊が一度、二度と触れていき、フサフサの長い尻尾が頬を撫でる。その温かみとふわりとした感触に、気持ちがほんの少し落ちつくのを感じた。と、同時に、消防署にかけるときの緊急通報用電話番号も、ようやく脳から飛び出してくる。

「そうだ、一一九！」

番号を入力して通話ボタンを押すと、すぐに応答があった。

『一一九番消防です。火事ですか？　救急車ですか？』

「救急車、お願いします！　あの、神社の裏で女の人が」

僕は咳き込むように説明を試みたが、相手の人はさすがプロ、落ち着き払って、静かに質問してきた。

『場所はどこですか？　住所、建物名、施設名、わかりますか？』

ああ、そうだ。まず場所を正確に言わないといけないんだった。

「ええと、○○駅近く、叶木神社の……」

『叶木神社ですね。病人ですか、怪我人ですか？』

「えっと……倒れているところを見つけたので、わかりません。でも、見たところ、怪我はなさそうです」

機械的なくらい淡々と、無感情に投げかけられる質問に答えているうち、僕も少しずつ気持ちが落ちついてきた。

猫も、僕がスマートフォンを当てたほうの耳に、軽く伸び上がって顔を寄せてくる。

「ええと、意識はかろうじて。さっき呻きました。でも、まともに喋るのは無理そうです。年齢は、見たところ七十代くらいかな。呼吸……？　弱いです。弱くて、ちょっと速い感じがします」

僕のつっかえながらの必死の説明に、適度な相づちを打ちながら聞いていてくれた相手の男性は、最後に僕の名前と電話番号を聞き、現地に留まれるかどうか訊いてきた。

僕は、このまま女性の傍に付き添っていると答えた。

すぐに救急車が向かいます、という言葉と共に通話が切れ、僕はスマートフォンを耳から離した。

ホッとすると共に、謎の手持ち無沙汰感が訪れる。

ハッと気付いて、僕は猫に声をかけた。

「猫、鳥居んとこまで出て、見張っててくれよ。救急車が来たら、教えて。救急隊員さんを誘導しなきゃいけないから」

にゃん！

今度はいつもの彼らしい軽やかな声で鳴いて、猫は風のように素早く駆け去った。

僕は、再び女性のほうへ身を屈めて呼びかける。

「大丈夫ですよ、もうすぐ救急車が来ますから。もう少しの我慢ですからね、頑張ってください」

これも、ＡＥＤ講習会で、病人や怪我人にかけてやれと言われたフレーズだ。

当人はとにかく不安だから、安心させてあげないといけない。大丈夫、という言葉を意識的に使ってください……と、講師の先生が言っていた。

女性の、うなじで小さくまとめた髪は、八割くらい白髪だった。

薄化粧(うすげしょう)の顔はギュッとしかめられていて、眉間(みけん)の深い皺(しわ)が、苦しさの度合いを物語っているようだ。

とにかく顔が紙のように白く、お年寄り独特のつるんとした張りのない皮膚(ひふ)と相まって、どこか石像っぽく見える。

年齢は、僕の祖母くらいだろうか。

今朝、何となく思い出した祖母の顔が脳裏によぎって、僕は「失礼します」と一声掛けてから、女性の肩から背中のあたりを軽くさすってみた。

手当て、というくらいだから、そうすれば、少しくらいは楽になるかと思ったのだ。

クラシックなストンとした木綿のワンピースとカーディガンの上から触れる女性の身体は、細かく震えていた。痩せているので、骨の振動が手のひらに伝わってくるような気さえする。

「寒いですか？　ああ、困ったな……いいか、これでも。ないよりはマシか」

上着を着ていなかったので、彼女に脱いで掛けてあげられるものは、ワークシャツしかない。さすがにTシャツ一枚になると肌寒かったが、そんなことは言っていられない。

僕は脱いで広げたデニムのシャツで、彼女の上半身を覆った。

「…………」

女性の唇が小さく動いて、紙が擦れたときのような微かな声が漏れる。

「はい？　何ですか？」

ほぼ地面に這いつくばるようにして、女性の口元に耳を寄せると、彼女が吐息交じりに「すみません」と言っているのだとわかった。

ギリギリ意識を保っているような、指一本動かせない状態で、目の前の女性は、僕のことを気遣っているのだ。

それに気付いて、胸がキリキリと締め付けられた。

「全然大丈夫ですから！　あ、えっと、あなたも大丈夫ですし、僕のほうも大丈夫なので！　万事大丈夫ですから、安心して、頑張ってください。もうすぐですよ」

いくら意識的に使えと言われたからといっても、これでは「大丈夫」の大安売りだ。でも、他に何を言ってあげたらいいのかわからない。

僕は際限なく「大丈夫」と繰り返しながら、今度はシャツの上から、女性の背中をさすり続けた。


実は、地元の消防署がどこにあるのか、僕は未だに知らない。

でも、救急車は、通報から五分か六分くらいで来てくれた。

猫の報せで、僕は社殿の前まで出ていき、担架を運んできた救急隊員を女性のもとに誘導した。猫も僕に並んで走り、少し離れたところで、救急隊員が女性を介抱するのをじっと見守っていた。

ほどなく女性は担架に乗せられ、注意深く細い参道を抜けて、救急車に収容される。

「すみません、あなたはこの方とご関係が……」

「ないです」

僕が答えると、救急隊員はちょっと困った顔をした。

「ええと、どうなさいますか？　乗られますか？」

チラと、社殿の片隅に置いたエコバッグのことが頭をよぎったが、直射日光が当たるわけでなし、すぐに食材が傷んでしまうことはないだろう。

「じゃ……じゃあ、行きます」

赤の他人が付き添っても役に立てることはなさそうだけれど、ご家族が駆けつけるまでの繋（つな）ぎくらいにはなれるかもしれない。

救急隊員に促され、猫に見送られて、僕は慌ただしく人生初体験の救急車に乗り込んだ。

＊　＊

「……うあぁ」

自宅の玄関の鍵（かぎ）を開け、扉を開け、薄暗い中、手探りで灯りを点けて、上がり框（かまち）に腰を下ろす。いつもよりずっとゆっくりした一連の行動のあと、靴（くつ）を脱ぎながら、自然にそんな呻き声が出た。

「疲れた……！」

それに続いて、腹の底から湧き上がるような言葉も。

叶木神社の裏手で倒れていた見知らぬ高齢女性に付き添い、行ったことのない地元の総合病院に救急車で運ばれて、半日余り。

ようやく、僕は帰宅することができた。

時刻はもう、午後七時になろうとしている。

まさか、こんなに時間がかかるとは思わなかった。

女性は、救急車の中である程度の処置を受け、病院の車寄せに横付けになった救急車からストレッチャーに移され、何人かの看護師に付き添われて処置室へと運び込まれた。

僕は、看護師に猛烈にぞんざいに「外でしばらくお待ちください」と言われて取り残され、言われたとおり、ひんやりした廊下のベンチで待っているしかなかった。

そこには、他にも救急搬送された患者さんの家族とおぼしき人たちが、悲愴な顔で座っていたり、どこかに語気荒く電話していたりした。

とにかく薄ら寒いし、蛍光灯の照明は必要以上に冷淡だし、当たり前だが雑誌すら置いていないので何もすることがないし、とにかく身の置き所がなくて困った。

あの女性の容態が心配とはいえ、僕は通りすがりの人間で、彼女の身内でも何でもないのだ。周囲の付き添いの人たちとは、心配や悲嘆のレベルが違う。

もし、連絡先でもわかれば、彼女の身内の誰かに連絡する程度のアフターケアはしてあげたいと思ったが、何しろ、バッグ一つ持っていなかったし、倒れている人の服のポケットを僕が探るわけにはいかない。

ろくに会話もできなかったため、彼女がどこの誰だか、僕には皆目見当がつかないままだ。

黙って帰るのも気が引けるので、僕は廊下の奥まった隅っこに座り、大人しくしていた。

ときおり、人の出入りが激しくなると、救急車のサイレンの音が外から聞こえて、看護師たちがストレッチャーを押して新しい救急患者を迎えに行く。

誰かが処置室に吸い込まれるごとに、開いた引き戸の向こうからは、医師や看護師とおぼしき男女の大声が聞こえてきた。

廊下はお寺の本堂のような静けさだけれど、処置室の中は、銃弾が飛び交う戦場のようだ。壁や扉一枚隔(へだ)てただけで空気がまったく違ってしまうことが、しみじみと不思議な感じだった。

救急部の処置室は、当座の治療をするだけで、容態が落ちついた患者から、それぞれふさわしい病棟へと送り出されていく。

扉が開くたび、いよいよ彼女かと僕は腰を浮かせかけたけれど、その期待は何度も裏切られた。

彼女より後に運び込まれた患者たちが、ストレッチャーや車いすで次々と連れ出され、彼らの身内がぞろぞろとついて行く。

彼女が出てくる気配はいっこうにないし、看護師たちは忙しすぎて僕に構うどころか、僕の存在すら忘れ去っているようだった。

いつの間にか、待ちくたびれた僕は、壁に頭をもたせかけて、居眠りしてしまっていたらしい。

「あの！」

ちょっと苛立（いらだ）ったような声で呼びかけられ、肩を叩かれて、僕はビックリして目を覚ました。

目の前には、まだ若い女性が立っている。

「す、すいません寝てました！」

「知ってます」

大真面目（おおまじめ）にそう応じた彼女は、すらりとした身体（からだ）を白衣ではなく、紺（こん）色のVネックのシャツと、同じ色のぺらっとした生地の細身のスラックスに包んでいた。首には、聴診器が引っかけられていて、薄い手袋を着けたままだ。

看護師たちは淡いピンク色の服を着ていたから、彼女は医師なのだろうか。

相手の立場をはかりかね、戸惑う僕に、彼女はせかせかした口調で言った。

「沖守静（おきもりしず）さんのお身内の方ですよね？」

「……どなたですか？」

まだ半分寝ぼけていたのか、初めて聞く名前に、僕は想わずそう問い返す。医師は、明らかに困惑の面持（おもも）ちになった。

「沖守静さんです。ご一緒にいらしたんでしょう？」

そこでやっと、あの女性の名がそうなのではないかと思い当たる。

「もしかして、あの……ワンピースとカーディガンの、お年寄りの女性？」

「そう、ですけど……ああ！」

僕の反応を訝（いぶか）った彼女は、小脇に抱えていた書類をチェックし始めた。たぶん、救急隊からの申し送り書類なのだろう。そこでようやく彼女は、僕の立ち位置を理解してくれたらしい。

ころっと対応を変え、気の毒そうな表情と口調で、彼女は言った。

「通りすがりに沖守さんを発見なさった方だったんですね。失礼しました」

「あ、いえ。沖守さんっていうんですね、あの人。ってことは、自己紹介できる程度によくなったってことですか？」

僕が訊ねると、医師は厳しい顔のままでかぶりを振った。

「はい。一度、心停止したので慌てましたが、どうにか持ち直して、容態がひとまず落ちつきました。ご本人の意識もそこそこしっかりしています。といっても、すぐに適切な処置が必要ですので、これからカテーテル検査室へ移します」

「カテーテル……検査室？」

首を捻る僕に、彼女は少し躊躇ったが、簡単に教えてくれた。

「沖守さんは、心筋梗塞です。つまり、心臓の血管が詰まって、心臓の壁が一部死んでしまうんです」

「心臓の壁って、死ぬんですか⁉」

「生きている組織ですからね。虚血……あ、えっと、酸素が不足すると、死んでしまいます」

「それって、凄く大変なことなんじゃ……」

彼女は困り顔で頷く。

「あなたが早く発見してくださらなかったら、致死性不整脈で現場で亡くなっていた可能性もあります。いいことをしてくださいました。ですが、これからです。手首や肘からカテーテルという長い管を通して、詰まってしまった血管の壁を風船で押し広げる治療を今から緊急でします。ひとまずそれでよろしいですね？」

テキパキと説明され、僕は困惑の面持ちで曖昧に首を捻った。

「そ、そうですか。あの、きっと必要な処置なんですよね？　でも僕は赤の他人なんで、いいとか悪いとか言えないんですけど」

「ああ、そうでした。ごめんなさい、ちょっと待っていてください」

女性医師は、僅かに乱れた前髪を後ろに撫でつけながらそう言うと、再び処置室へ引き返してしまった。

「沖守さんって名前だったんだな、あの人」

僕は仕方なく、ベンチに再び腰を下ろし、待つことにした。

今度は数分で出てきた女性医師は、ちょっと困った顔でこう切り出した。

「沖守さん、ご主人ともひとり息子さんとも死別なさったそうで、お身内がどなたもいらっしゃらないそうです。まあ、ご本人がきちんと保険証をお持ちですし、保証人がいないことは、病院の医療ケースワーカーを入れておいおいお話することで、解決できると思います。治療方針についても、ご本人の了解を得ました。ですので、その……」

部外者のあなたはもう結構です、お帰りください……と、これほど長く待たせて言い放つのも気の毒だと思ったのか、医師は微妙に言葉を濁す。

僕も、大人しく「そうですか」と帰ったほうがいいような気もしたが、彼女がひとりぼっちだと聞いた上で、このまま去ってしまうのも気の毒な気がした。

それに、今のままだと、息絶え絶えの姿だけが記憶に残っていて、いつまでも気になってしまいそうだ。少しくらいは落ちついた顔を見てから帰りたい。

そこで僕は、そのカテーテル処置が終わって、ひとまず病室に入るまで待つと申し出た。

医師は戸惑いながらも、「そちらがよろしいのなら。沖守さんも、助けてくれた人のこと、気にしてるみたいですし」と許可してくれた。

そこで僕は、処置室からストレッチャーで再びカテーテル検査室へ運ばれる彼女……沖守さんを見送り、指定された病院エントランスロビーで、医師からの連絡を待つことにした。

それから再び延々待って、連絡が来たのは、午後四時過ぎだった。

沖守さんのカテーテル……よくわからないが、とにかく風船を使う処置は成功し、彼女は今夜一晩、集中治療室に入れられるのだそうだ。

「集中治療室って……凄くヤバイってことですか？」

心配になって訊ねた僕に、さっきの女性医師とは違う、循環器内科が専門だという四十代くらいの男性の医師が、にこやかに答えてくれた。

「まあ、確かに不整脈や心停止が再び起こる可能性が否定できませんから、楽観視はできませんが、心筋梗塞の患者さんには、皆さん、しばらく入っていただくんですよ」

「あ、そ、そうなんですね。全然わからないもんで」

「無理もありません。容態が安定するのを待ちつつ、梗塞部位を詳しく調べて、今後の治療方針を決めることになります。まあ、そこはあなたでなく、我々とご本人との相談になりますが」

集中治療室へ行く道すがら、彼はテキパキと説明してくれたあと、最後にこう付け加えた。

「本来は、集中治療室に入っていただけるのは、ご家族だけなんです。ですが今回は、沖守さんご本人が、助けてくれた方に一目お会いしたいと強く希望されているので、特別に入っていただきます。ご本人はかなり疲労しておられるので、ごく短時間……五分以内でお願いしますね」

僕は、何だか緊張しながら頷いた。

集中治療室に入るなんて、救急車に続いて人生初だ。

医師に教わり、専用のスリッパに履き替え、シャワーキャップのような帽子を被り、紙でできたようなクシャクシャするガウンを着込み、マスクを着け、それから両手に消毒薬をすり込んで、やっと入室が許される。

広い集中治療室には、ズラリとベッドが並んでいた。

それぞれのベッドの間は淡い緑色のカーテンで区切られ、それぞれのベッドの横には、これでもかというほどたくさんの医療機器が並べられていて、それぞれがそれぞれのペースで、微かな作動音を立てている。まるで、マシンのオーケストラだ。

その音や、何やら独特の匂いにますます緊張するし、なんだか怖い。ここに収容された人たちは、みんな病気や怪我とギリギリのところで戦っているんだと思うと、身が竦む思いだった。

「こちらへ」

小声で医師に招かれ、僕は真ん中あたりのベッドに歩み寄った。

そこで真っ白な寝具に包まれているのは、さっきの女性……沖守静さんだった。

酸素マスクをつけられ、腕には点滴の針が刺された痛々しい姿ではあったけれど、僕はその顔をひと目見て、ホッとした。

（顔色、ちょっとよくなってる……！）

肌にも血の気がさして、発見したときよりはずっと人間らしい。

楽そうな病院の寝間着(ねまき)を着せられた彼女は、僕の姿を見ると、弱々しく頭を上げようとした。医師が慌てて、それを制止する。

「あーこれこれ。沖守さん、じっとしていてね。感謝の気持ちは、十分伝わってるからね。……ええと、そういやどなたさんでしたっけ」

「坂井(さかい)です」

「坂井さんには。ね？」

「はい。……あの、坂井寛生(ひろき)といいます。はじめまして」

枕元に歩み寄って、僕は自己紹介と、今さらながらに初対面の挨拶(あいさつ)をした。

沖守さんも、瞬きで応えてくれる。喋(しゃべ)れなくても、ちょっと涙ぐんだようなつぶらな目の動きで、十分に感謝の念が伝わってきた。

よかった。

待っている間、正直言って、何度か帰ればよかったかなと思ったりしたのだけれど、やっぱり会っていくことにしてよかった。

まだ油断はできないそうだが、それでもひとまず、この人の命が繋(つな)がってよかった。

とはいえ、それ以上話すことも特にないので、僕は彼女を無駄に疲れさせないように、「どうぞお大事にしてください」と言い残し、帰ってきたというわけだ。

思い返してみたら、僕自身は待つ以外何もしていなかった。

でも、何もせずただ待つというのは、たぶん、凄く疲れるものなのだ。しかも、病院という特殊な場所でもあることだし。

「はー……。とりあえず、朝から何も食べてなかったな。腹減った。晩飯を作ろ……ああっ！」

僕は思わず、大声を出して立ち上がった。

「忘れてた！　エコバッグ！」

そう、僕は叶木神社の社殿に、スーパーマーケットで買った食材の詰まったエコバッグを二つ、置いたままだった。しかも、それを忘れて帰ってきてしまった。

「しまったー!!　さすがに明日の朝まで放っておいたら、色々腐っちゃうよ。いやもうヤバくなってる奴、あるかもなあ。今からまた取りに行くのか……」

疲れ果てて帰宅したのに、また十五分以上歩いて神社まで行くのかと思うと、眩暈がした。しかし、行かないわけには……。

ピンポーン！

渋々出掛けようとしたら、インターホンが鳴った。

「あああー！　そうか！」

期待と共に扉を開けた僕は、門扉の向こうに立つ人影を見て、歓声を上げた。

そこには、エコバッグを一つは両手で提げ、一つは器用にリュックサックのように背中に負った、人間の姿の猫が立っていたのである。

「よかった！　荷物、持って来てくれたんだ！」

いつもの芋ジャー姿の猫は、喜ぶ僕とは対照的に、いかにも大儀そうにヨタヨタと家に入り、エコバッグをドスンと上がり框に下ろした。

卵が入っていたら、その一撃で壊滅的な被害を受けるところだった。今日は偶然、買っていなくて本当によかった。

「持って来てくれたんだ、じゃありませんよ旦那。置きっ放しもいいとこじゃないですか。いつになっても取りに来ないし、仕方がないから俺っちが特別に配達して差し上げたんですよ」

ツケツケと文句を言う猫を、僕は笑いながら労った。

「助かったよ。お疲れさん。今から取りに行かなきゃいけないかと思って、ゾッとしてたところだった。お前に頼もうにも、お前、スマホなんか持ってないしさ」

「旦那がくれりゃあ、持ちますよ」

そう言いながら、猫は両手をブラブラさせた。

やはり重い物を持つと、猫でも手の指が痺れるらしい。

「猫なのに、スマホを？　猫のとき、どうするんだよ」

「あー、そっかあ。猫のときは、置き場所にちょいと困りますねえ」

「だろ？　よいしょっと」

これ以上、猫には荷物を運んでくれる気がないようなので、僕はエコバッグを両手に一つずつ提げて、改めてその重さに呻きながらキッチンまで運んだ。

後ろからひょいひょいとついてきた猫は、「で？」と僕を見た。

それだけで、何を問われているかは十分過ぎるほどわかる。まったく心配そうな顔はしていないけれど、猫は猫なりに、沖守さんのことを気にしていたようだ。

僕は、エコバッグから品物を取り出しながら、病院でのことを掻い摘まんで説明した。

ふんふんとわかったようなわからないような顔で聞いていた猫は、野性的な顔の、ほっぺたのあたりから出ている長い髭を指先で弄りながら、「なるほどぉ」と言った。

僕は、鯖のパックに鼻を寄せ、悪くなっていないことにホッとしながら、「わかってんのかよ」と猫をからかった。

「わかりますとも。……ええと、きんしんしょぶん……」

「それは自宅に籠もって反省する奴だろ。心筋梗塞。心臓の血の巡りが悪くなって、壁が死ぬんだって」

「はあ。そりゃまたご大層なことで」

わかったようなわからないような猫の反応に、僕は苦笑いした。

「ご大層もいいところだよ。あんなところで倒れてたら、誰も気付かないもん。沖守さん、僕を命の恩人だと思ってるみたいだけど、本当の恩人は猫だよな」

そう言うと、猫は誇らしげに胸を張った。

「そうでございますよ！　いつもお世話になってる旦那だから、名誉はお譲りしますけどね」

「そんな名誉要らないけど、まあ、助かってよかったよ。それにしても……何だって沖守さん、社殿の裏なんかにいたんだろう。あそこ、何もなかったよな」

僕は手を洗いながら、今さらながらに首を捻った。

発見時は必死だったから何とも思わなかったけれど、今になってみると、どうにも不思議だ。

すると猫は、僕の代わりに次々品物を出す係をしてくれながら、こともなげに答えた。

「何もないからよかったんですよ」

「え？」

「あの人ねえ、ずっと旦那と二人、よく神社に散歩がてらお参りに来てたんですよ。だけど、二年前に旦那が死んでね。そっからひとりで来て、来るたび、社殿の裏に石を積むようになったんだ。誰も来ない、誰にも気付かれない場所にね」

「石を？」

「小山になって積み上がってたでしょ。気付きませんでした？」

「そんなこと、気にしてる余裕なかったよ。だけど、どうして石なんか？」

猫はアスパラガスをバッグからやけにシュッと格好良く抜き出し、サラリと答えた。

「さあ？　人間の旦那にわかんねえことが、猫にわかるわけがございませんでしょ。ときに旦那」

「何？」

「これは、何をするもんなんです？」

ぶんぶんとアスパラガスを振りかぶっては下ろしながら、猫は問いかけてくる。

僕は慌てて、彼の手からアスパラガスを無傷なうちに取り上げた。

「少なくとも、人を殴るためのもんじゃないよ。当然、食べるんだ。アスパラガスっていう野菜」

「野菜！　刀か槍みたいですけどねえ。どうやって食うんです？」

「そうだなあ。せっかく立派な奴が買えたから、今日は素朴に料理しよう。あ、大急ぎで、豆をボウルに取り出して」

僕がそう言うと、猫は「かしこまりー」とどこで覚えたのか問い詰めたくなる返事をしながら、ガサガサとグリーンピースの莢がぎっしり詰まった袋を取り出した。

既に何度か手伝ってもらっている作業なので、僕が何も言わなくても、小さなボウルを出してきて、器用にプチプチと莢から丸い豆を取り出し始める。

「猫の手じゃできない作業だな」

僕は、鯖のパックを開け、切り身を水洗いしながら声を掛けた。

「ほんとでございますよ。ああ、人の手は便利だ。不便なのは、爪の出し入れができないことくらいでしょうかねえ」

「……それを不便だと思ったことは、僕はないけどね」

笑いながら、僕はアスパラガスを調理台の上に置き、まずは鯖の処理から始めた。

二枚下ろしをもう一段進めて三枚下ろしにして、中骨を抜き、一口大に切って、日本酒と醤油とチューブのおろし生姜を絞った中にどんどん放り込み、軽く揉む。

中骨は適当な大きさに切って、小鍋に沸かした湯の中に放り込む。

猫は僕の作業を横目でチラチラ見ながら、低い鼻をうごめかせた。長いヒゲも、一緒になってピコピコ動く。

「いい匂いがしてきましたね、旦那」

僕は魚臭くなった手を念入りに洗いながら頷く。

「中骨は、吸い物にするよ」

「身んとこは？」

「竜田揚げ。あ、米も研いでセットしてくれる？」

「合点承知。人の手んときは、濡れても存外、平気ですからね」

本当に、そんな言い回し、今どきどこで覚えてくるのやら。神社に来るお年寄りからだろうか。

猫はすっかり馴れた様子で米びつから米を二合はかり、しゃこしゃこと軽やかな音を立てて研ぎ、炊飯器にセットした。

あとは、僕が炊飯器に酒と塩を入れてから水加減して、出汁昆布と豆を入れ、急速炊きのスイッチを入れれば、豆ご飯の仕込みは完了だ。

本当は、豆は別に煮たほうが色が鮮やかで仕上がりは美しくなる。会社で作っていた弁当や給食では、豆を均等に配分するためにも後のせだったが、僕は一緒に炊いたほうが、豆の味がご飯にうつるので好きだ。

そうしているうちに、火にかけてきた揚げ油がいい感じの温度になったので、僕は下味に付け込んであった鯖に片栗粉をまぶし、どんどん揚げていった。

その合間に、ガスレンジのグリルにアスパラガスを入れ、素焼きにする。

キッチンには徐々に色々な匂いが漂い始め、僕の胃袋がぎゅうっと鳴った。

「今朝、シリアルを食べたきりだったから、もう腹ぺこで倒れそうだよ」

「おやおや。俺っちだって、朝に美味しいカリカリをいただいたきりでございますよ？」

「人間は、一応、一日三食がスタンダードなんだよ。……さてと、ご飯が炊けるまで、おかずをつまもうか。魚は揚げたてがいちばんだし」

「いいですね！」

そこで僕らは、カリッと揚がった鯖、こんがり焼けたところにオリーブオイルと塩をかけたアスパラガス、それに鯖の中骨の吸い物をちゃぶ台に並べ、豆ご飯の炊き上がりを待ちながら夕食を始めることにした。

「おおお。旨い。いつもながら、旦那の飯は最高っすね」

胡座をかいて、箸はまだ上手く使えないので、フォークでざくっと竜田揚げを突き刺して頬張り、猫は満面の笑みを浮かべた。

ヒゲがピーンと立っているし、長い尻尾がビタビタと畳を叩いている。どうやら、ずいぶん竜田揚げの味が気に入ったらしい。

「好きなだけ食べてよ。たくさん揚げたから。残ったら明日の昼、僕が食べるけど」

すると猫は、興味津々で僕の顔を覗き込んだ。

「明日の昼は、どうやって食うんです？　もう、冷めちまってるでしょ」

「丼にするよ。出汁でちょっと煮て、葱を刻んで入れて、卵でとじて、ご飯に載っける」

「ああっ、それ旨そうじゃねえですか！　俺っち、明日の夜食いますよ、それ。置いといてくださいよ、俺の分」

「明日は明日の晩飯があるのに？」

「それはそれ！　別腹ですよ」

「どこで覚えてくるんだよ、そんな言葉。別腹って、女子か！」

笑いながら、僕はアスパラガスを取り皿に一本取った。

先端から、ガブリと齧り付くと、独特の香りが口に広がる。皮は少し歯ごたえがあるけれど、中身は柔らかく、スッと歯が入る。焼いたので、適度な香ばしさもある。

「パルメザンチーズがあったら、振ったんだけどな。あると思ったのに、冷蔵庫に入ってなかった」

「そりゃ惜しいことをしましたねえ。おっ、でも、旨いですよ」

相づちを打ちながら、猫は手摑みでアスパラガスを頬張り、満足そうな顔をする。

「シンプルでいいかもな」

そう言って、アスパラガスの太い軸の部分を缶チューハイで流し込み、僕はふと、猫にこう言ってみた。

「集中治療室にいるあいだは遠慮しようと思うんだけど、二、三日して落ちついてそうなら、お見舞いに行こうかと」

すると猫は、また鯖に戻りつつ、半ば上の空の相づちを打った。

「いいんじゃないですか？　猫がよろしく言ってたって、伝えてくださいよ」

「……うん、まあ行ったらそうする。あんまり、赤の他人がいつまでも顔出すのもアレかな、とか思ったりするんだけど」

「アレって何です？」

「こう、ちょっと偽善っぽいかな、とか」

「ぎぜん？　何です、それ」

猫はまん丸の目をパチパチさせた。縦に開いた瞳孔が、僅かに大きくなる。

「いや、こう、うわべだけのいい振る舞いっていうか、押しつけがましい善意かな、とか」

「はあー？」

明日の昼の分なんて残りそうもない勢いで竜田揚げをぽいぽい口に放り込みながら、猫は小馬鹿にしたように鼻を鳴らした。

「ひとりもんの婆さんが、見舞いに来てくれる人を迷惑がるわけないでしょ。押しつけがましいとか、なんか押しつけるつもりなんすか、旦那は。金の壺でも売るんすか？」

「まさか！　何だよ、金の壺って。せいぜい、お見舞いになんかちょっとしたものを持って行く程度だよ」

「だったら、やりたいようにすりゃいいじゃないですか。見舞い、行きたいんでしょうが」

僕は、鈍く頷く。

「ん……。やっぱ、ひとりぼっちって聞いちゃったら、気になるよ。重い病気じゃ、心細いだろうし。ただ、自分のお祖母ちゃんに全然孝行してないのに、赤の他人にどうこうするのは何だかなあって気もするけど」

猫はもぐもぐと口を動かしながら、盛んに首を捻った。

「わっかんねえなあ。それが気になるなら、あの婆さんの見舞いに行って、旦那の祖母さんにも孝行すりゃよくねえですか？」

猫の言うことは、いちいち正論で胸に突き刺さる。

「……だよね。じゃあ、病院に様子を聞いて、よさそうだったら行ってみる。もし花とか持って行っていいルールだったら、猫も一緒に選ぼうよ」

鯖、鯖、鯖、鯖、アスパラガスと忙しく手と口を動かしながら、猫は難しい顔で天井を仰いだ。

「花……俺っち、食って吐くのにいい草しか知りませんけどねえ」

「食事中に、吐く話なんかしない！　見て綺麗な花を選べばいいだろ」

ピーッ！　ピーッ！　ピーッ！

絶妙のタイミングで、炊飯器が豆ご飯の炊き上がりを知らせてくる。

僕は豆ご飯をよそうために立ち上がり、早く沖守さんの容態が安定して、一般病室に移れるといいなあ、と思いながらキッチンへ行った。

彼女との出会いが、この後、僕の人生を微妙に変えてくれることになるのだが、その夜の僕には、そんなことは知る由もなかった……。

三章
袖振り合うも多生の縁

「あらためて、まことにありがとうございました」

きちんと畳まれた布団、その上にちょんと置かれた枕。

そして、ベッドの上で正座しているのは、沖守さんだ。

叶木神社の社殿裏で倒れているのを見つけてから、三週間あまり。ようやく今日、彼女は退院の日を迎えた。

沖守さんが倒れた理由は、心臓の病のひとつ、心筋梗塞だった。

心臓を支えている血管のうちの一本が動脈硬化で固く細くなっていて、そのせいで心臓の壁の筋肉が酸欠になってちょっと死んだ、というのが、病気のおおまかな状態であるらしい。

心臓の筋肉は、死ぬと全部線維というペラペラの組織に置き換えられるので、二度と復活はしないのだそうだ。とても恐ろしい。

でも、病院に運び込まれた日に彼女が受けた、心臓の血管にカテーテルという管を入れ、先端の小さな風船を膨らませることで、細くなった箇所を内側から押し広げるという手術がよく効いて、今のところ、酸欠状態は解消されているらしい。

死んでしまった筋肉はもう戻らないけれど、幸い、病変がある場所が命にかかわりにくいところなんだそうで、本当によかった。

心筋梗塞が原因で不整脈が起こったりしたものの、薬で上手くコントロールできているので、とりあえず退院が許可され、あとは定期的に通院するということになった。

何故、僕が、縁もゆかりもない沖守さんに退院までフルに関わってしまったかといえば、猫にいざなわれ、彼女を発見して病院まで付き添ったあの日、偶然、彼女に身寄りがないことを知ってしまったからだ。

一歩間違ったら死ぬような病で緊急入院になり、だれも世話をしてくれる身寄りがいないなんて、どれほど心細く、不自由なことだろう。

そう思ったら、僕は沖守さんのことが気がかりでならなくなってしまった。

でも、やはり他人がそこまで立ち入るのはお節介だとか偽善だとか、そういう言葉が胸の内を駆け回り、アクションを起こすことを躊躇していた僕を窘めてくれたのは、倒れている沖守さんを最初に見つけた、実は本当の第一発見者である猫だった。

「やりたいようにすりゃいいじゃないですか」という彼のシンプル極まりない言葉は、すぐに世間体を気にする僕の背中を、気持ちよくとんと押してくれた。

そうだ、別に悪事を働くわけでなし、本人に気味悪がられたり、迷惑がられたりしたら、スッパリやめればいいだけのことだ。

そう考えて勇気を出し、僕は、翌日の午後、再び沖守さんを訪ねた。

経過が良く、集中治療室から一般病棟に移されていた彼女は、予想以上に僕の訪問をすまながり、同時に喜んでくれた。

「見つけてくださって、ありがとうございました」

そう言って、横たわったまま僕の手を握った沖守さんの手の小ささと弱々しさがあまりにも鮮烈で、僕はそれからも、二日に一度の割合で、彼女を訪問し続けた。

病状が心配だったということもあるけれど、何だか実の祖母に孝行し損ねた分を、ここで埋め合わせろと神様に言われているような気がしたのだ。

最初のうちは恐縮し、ひたすら遠慮していた沖守さんに、僕はまず、一方的に自分のことを話した。

今、祖母がかつて暮らしていた家に、ひとりで住んでいること。あまり孫として孝行をしないうちに、祖母が遠くの老人ホームに入ってしまい、疎遠になったこと。

そして、ずっと勤めていた会社が急に倒産して、現在は無職であることも。

次の仕事が見つかるまでは持て余すほど時間があるので、役に立てることがあったら、気軽に言いつけてほしい。僕は、不義理をしている祖母と同年代ということで、沖守さんのことが余計に気になっている。沖守さんのことを思って、というより、自分がそうせずにいられないからここに来ているのだ……と正直に打ち明けたら、青白い顔でベッドに横たわった沖守さんは、ポロポロと静かに涙をこぼした。

生き甲斐だったひとり息子が、若くして交通事故で亡くなったこと。

老後は二人でのんびり旅行三昧の暮らしをしようと言っていた会社員の夫も、定年退職後ほどなく、その約束を果たさないうちに重い病を得て世を去ったこと。

まだあまり大きな声が出せなかった沖守さんは、時々休んで水を飲みつつ、ぽつりぽつりとそんな寂しい身の上を僕に語ってくれた。

そうして、僕の顔をつくづくと見て、彼女はどこか眩しげな目でこう言ったのだ。

「もしかして、息子があの日、バイクの事故に遭わなければ、今頃、あなたのような孫がいたのかもしれないですねえ」と。

今思えば、その言葉が僕たちの心を繋ぐきっかけになった。

僕は遠くにいる祖母を、沖守さんは生まれることのなかった孫を互いの姿に重ね合わせつつ、僕たちは顔を合わせるたびにぎこちなく、でも少しずつ仲良くなった。

病棟の看護師さんたちや同室の患者さんたちは、僕が訪ねていくと、いつしか「偽孫さんが来ましたよ～」と冗談を言うようになったし、沖守さんが、僕が行く午後二時近くになると、髪に櫛を入れ、薄化粧をしてソワソワ待っていると、微笑ましげに教えてくれた。

最初はドギマギしながらの病院通いだったのに、僕のほうも、徐々に当然のごとく……

それこそ、かつての職場へ行くように、病院へ足を向けることができるようになった。

とはいえ、僕が顔を出したところで、してあげられることも、してほしいと言われることも、さほど多くはなかった。

その日の具合を訊ね、主治医から許可されたささやかな差し入れの品……たいていはコンビニのゼリーやカットフルーツだったけれど、そういうものを一緒に食べながら、他愛(たわい)ない世間話をして帰るのが関の山だ。

他人が見れば、くだらないままごとのように見えたかもしれない。

それでも、突然始まった入院生活の中で、僕と話すことが少しでも沖守さんの気晴らしになっていたようなので、そこは僕にとっては嬉しいポイントだ。

ひとつだけ、僕が確実に役に立てたのは、沖守さんが主治医から話を聞くときだ。

彼女は、途中からは明らかに、僕がいる時間帯に主治医との面会を取り付けるようにしていた。そして、僕に共に説明を聞いてほしがった。

僕には医療知識などないから、ただベッドサイドの椅子(いす)に座り、ちんぷんかんぷんな話に黙って耳を傾けているだけだ。そもそも、いくら「偽孫」でも、治療方針に口を出す立場ではない。

それでも沖守さんには、僕の存在が十分に心強かったらしい。

「お医者様と一対一じゃなくて、誰か私の味方として一緒にいてくれるだけでいいの。そうしたら、わからないことを質問する勇気が湧いてくるから」

彼女は、そんな風に言って笑っていた。

命を握っている主治医の機嫌を損ねることが怖くて、質問や意見をするのに気後れする気持ちは、少しわかる。

だからそういうときに、少しでも僕がいて助かったと思ってもらえたなら、やっぱり病院に通ってよかったなと思う。

そして今日、緊急搬送されたときとは別人のように元気そうになった沖守さんに改めてお礼を言われて、僕はちょっと誇らしさと気恥ずかしさがない交ぜになった気持ちになっていた。

「どういたしまして。……あの、退院おめでとうございます」

気の利いた言葉の一つも思い浮かばず、僕はそう返して、ペコリと頭を下げた。

「ありがとうございます。三週間もお世話になったこの病室、お名残惜しい……と言いたいところだけれど、やっぱり出られて嬉しいわ」

お隣さんのいびきが、けっこう凄くてね……と囁き声で付け加え、沖守さんは悪戯っぽい顔で笑った。

退院手続きを終え、同室の患者さんにも挨拶をして、いよいよ病院を去るというとき、僕は、病院のエントランスで沖守さんにこう申し出た。

「嫌じゃなかったら、ご自宅まで送らせてください」

もうずいぶん元気そうではあるし、足取りもしっかりしているけれど、やはり久しぶりの外なので心配だったし、なにより三週間、一日おきに顔を合わせていたため、何となく別れがたい気持ちも心のどこかにあったのだ。

しかし、そういう思いを抱いているのは、僕だけだったらしい。沖守さんはちょっと気まずげに微笑み、かぶりを振った。

「いいえ、そこまでは結構。重い荷物は家に送ったから、もうほとんど手ぶらなのよ。これだけ」

そう言うと、沖守さんは、小さな手提げ袋を軽く持ち上げてみせた。

「でも……」

「タクシーで帰るから、大丈夫。今日は、わざわざ退院に合わせて朝のうちに来てくれて、本当にありがとう。あなたに見送ってもらえるなんて、とても嬉しいわ。いい記念になりました」

いつものように柔らかな口調で、でもきっぱりとそう言うと、沖守さんは僕の二の腕をポンポンと叩いた。

そんな風に言われてしまったら、僕としては引き下がるより他はない。

沖守さんが乗り込んだタクシーを見送り、自分も電車で真っ直ぐ帰宅すると、僕は夕方近くまで昼寝、もといふて寝を決め込んだ。

沖守さんの退院を嬉しく思う気持ちと同じくらい、いや、少しくらいは少ないと思いたいけれど、最後の最後にすげなくされて寂しい気持ちが胸に渦巻いて、他にどうすることもできなかったのだ。

そして、夜、七時過ぎ。

「おや？　おやおや、旦那」

それが、やってきた猫の第一声だった。

いつもは、何故かそこだけやけに礼儀正しく「こんばんは」なのに、やけに不満げな声音と言葉だ。

僕は、焼き葱と豆腐の味噌汁に麦味噌を溶き入れながら、横に来た猫を見た。

「何だよ？　僕がどうかした？」

すると猫は、調理台の上を眺め、腕組みをして、子細らしく言った。

「今日はアレじゃないんですか？　あの、お社の裏で死にかけてた婆さんが、無事に生きて病院を出た、アレ」

「退院」

「そう、それ！」

「そうだよ。それが？」

「退院ってのは、めでたいことなんでございましょ？」

「それは、まあ、勿論」

「でしたらぁ、晩飯はてっきり、お祝いのご馳走になると思ったんですがね。尾頭付きの鯛とか、噂に聞いたビフテキとか」

僕は苦笑いで、さっき揚げ上がったばかりの山のようなポテトフライを見た。

「僕たちが、ご本人もいないのに、他人様の退院を祝ってご馳走を食べるいわれはないだろ。しかもビフテキって、いつの言葉だよ！　お前、まさか昭和生まれの化け猫じゃないだろうな」

「まさか。俺っちは、平成生まれのナウな若人でございますよ？　いわゆる、ピチピチでございます。んー、それもおやおや～？」

いささかその発言の真偽を疑わざるを得ない言葉選びでそう言って、猫は僕の顔を覗き込んだ。瞳孔がやや縦に開いた金緑色の目には、ギョッとするほど強い力がある。

「な、なんだよ、今度は」

「旦那の優しい性格なら、婆さんをお祝いの飯に呼ぶんじゃないかと……ああいや、人間は弱ってるときは動かさねえんでしたっけ、だったらご馳走を届けるなり、するんじゃないかと思ったんですがね」

　のんびりした口調で、猫は僕の心の痛いところをぐりぐりと抉ってくる。

　思わずみぞおちに片手を当てつつ、僕は素っ気なく答えた。

「僕たちはそこまでの関係じゃなかったみたいだから、仕方がないだろ」

「みたい？　おや、旦那ときたら、何やら拗ねておられるんで？」

「うっ」

　猫に限らず、いわゆる世間の猫族というのは、こんな風にみんな、勘のいい生き物なんだろうか。

　小さく呻いて口ごもる僕を見て、猫の瞳がキラリと光った。

「ははぁ、なるほど。婆さんと何かあったんですね？　だから旦那、なんだか元気がないんだ。背中がしょぼくれてましたよ」

　僕はギョッとしつつ、否定を試みた。

「そんなことないよ。特に何もなかったって。沖守さんは、無事に退院した。よかったよ。

しょぼくれてなんて、ない」

「しょぼくれてますよぉ。背中だけじゃなくて、顔も。眉毛がほら、ハの字に」

猫は悪い顔で笑って、今度は指先で眉間のあたりをグリグリしてきた。

本来のこいつの柔らかな肉球ならともかく、人間の姿のときの、爪が尖った指でそんなことをされても、ただ痛いだけだ。

「やめろって！　眉間に穴が空く！」

軽くのけぞって逃げる僕にぐいと顔を近づけ、猫はさらに追及してきた。

「どうしたんです？　婆さんと何があったんです？　昨夜は、『明日、ついに退院なんだよ。よかったなあ』ってニコニコしてたじゃありませんか。何だって今夜はそんなにしょげかえってるんです？　俺っちに隠しごとなんて、水くさいですよ、旦那」

互いの鼻の頭がくっつきそうになるほど迫られて、僕はしぶしぶ白状する。

「家まで送ろうとしたら、沖守さんに断られたんだ。タクシーで帰るからいいって、凄くキッパリと」

その答えは予想外のものだったらしく、猫は僕から顔を離して目をパチクリさせた。頰から飛び出した長い髭が、ピンと立ち上がる。猫は、頰を指先でポリポリと搔きながら、小首を傾げた。

「はあ？　そりゃ、旦那が言うように、本当にめでたいことでしょ？　てめえで帰れるんなら、元気で結構なことじゃありませんか」

誘導尋問に引っかかって、僕はつい、正直な気持ちを吐露してしまう。

「そりゃそうなんだけど！　なんか寂しいじゃないか。三週間かけてちょっとずつ仲良くなって、とうとう退院だろ。これまでどおりに会えなくなるのはちょっと寂しいな、名残惜しいな、なーんて思ってたのにさ。沖守さんのほうは、全然そんなことはなかったんだなって思ったら、ガックリ来ちゃってさあ」

「おやおや」

「雑な相づちを打つなよ。何だか、一緒に過ごした時間を大事に思ってたのは僕だけなのかと思ったら、ちょっと虚しい気持ちになっちゃったんだ。お前が言うとおり、僕だって、沖守さんがよければ、退院お祝いの食事とか、届けたいと思ってた。でも、送るのすら断られちゃったから、とてもじゃないけど言い出せなかった」

「おやおや」

もう一度そう言うと、猫はいかにも猫らしいニヤニヤした笑みを浮かべて、僕の顔を覗き込んだ。

「旦那は、つくづく引っ込み思案の寂しんぼうですねえ」

「な、なんだよ。そんなんじゃ……」

「ま、俺っちがここに来てるのも、旦那が寂しんぼうだったからでしたっけ。今さらでしたね」

「うっ。……あっ、こら！」

やり込められて言葉に詰まった僕をよそに、ポテトフライを数本、ヒョイヒョイと立て続けにつまみ食いした猫は、口いっぱいの芋(いも)のせいで不明瞭な口調で言った。

「ところで、まさか今日は、旦那のしょんぼりさんのせいで、芋の天ぷらと味噌汁だけですか？　そりゃ寂しいなあ。俺っちまで寂しんぼうになっちまいますよ」

冗談めかした猫の言葉は、たぶん、彼の優しい慰めだ。

猫はいつも飄々(ひょうひょう)としていて、僕の話を他人事(ひとごと)モードで聞き流すけれど、必要なときに必要な言葉を、当たり前のように軽くポンと投げて寄越す。

アドバイスでも、フォローでも、相づちでも、何でも同じ調子だ。

猫族はみんなそうなのか、それとも彼だけがそうなのかはわからない。

でも彼はいつもそんな風にさりげなく接してくれて、それが僕には何よりありがたい。

叶木神社の神様は（そういえば、僕は御祭神の名前すらまだ知らない）、僕がお願いしたことを、僕がちゃんとわかっていなかったことまで正確に理解し、最適なソリューションを見つけてくれたようだ。

　ことさらに友情を要求するわけでもなく、押しつけがましいことも言わず、僕の作ったご飯を何でも美味しい美味しいとたくさん食べてくれて、他愛ないお喋りの相手をしてくれて、テレビや映画を観て一緒に笑ったり感想を言い合ったりしてくれて、時々気まぐれに、相談ごとの相手までしてくれる。

　思えば、隣にいる猫ほどありがたい存在が、世の中にいるだろうか。

　美味しいご飯という見返りはきっちり要求するものの、猫はそれ以上のものを僕に求めない。

　時々は、ギョッとするほど深く僕の心に踏み込んでくるけれど、人間にされるほどは嫌悪感がない。

　たぶんそれは、そうするときの猫に、好奇心と疑問しかないからだ。

　相手、つまり僕の心を掻き乱して傷つけてやろうとか、狼狽させてやろうとか、恥を掻かせてやろうとか、そういう悪意がまったく感じられないからじゃないだろうか。

　最近、ようやくそんなことを考える心の余裕が出てきた。

　無職は考えるたびにつらくなるけれど、ささやかな貯蓄と、失業給付金というセーフティネットが、僕を支えてくれている。

これからのことを落ちついて考えると同時に、これまでの自分、今の自分をじっくり見つめ直す機会ももらえている気がする。

もしかすると僕は呑気すぎるのかもしれない。

でも、せっかく訪れた、そして再就職したらもう二度とないかもしれない長い休暇を、出来る限り楽しもう。倒産のショックがだいぶ薄れた今は、そう思っている。

だから僕は、こんなときに一緒にいてくれる猫への感謝を込めて、無理矢理明るい声を出した。

「勿論、芋だけじゃないよ。こういうとき、人間はヤケ食いするもんなんだ」

猫は、パチパチと素早い瞬きをした。

「ヤケ食い。ああー、俺っちが家猫だった頃、たまに奥さんがやってたやつですね。甘いものをだーっと並べて、ばーっと食う」

「それそれ。別に、甘いものじゃなくてもいいんだ。食べたいもの、食べたら気持ちが上がりそうなものをいっぱい食べる！　ついでにお酒もいつもよりちょっとだけたくさん飲む」

途端に、猫の顔がパッと輝いた。

本当に、感情が顔にダイレクトに出る奴だ。

「そりゃいい！　ヤケ食い、素敵じゃありませんか。で、旦那は何を食って、気持ちを上げるんです？」

「そこは、やっぱ肉だろ。ただし、牛肉は予算オーバーだから、無職の僕には贅沢過ぎる。だから、これ」

そう言いながら僕が出してきたのは、ステンレスのボウルだった。中に入っているのは、醤油と日本酒、それにおろし生姜とガーリックオイルで下味をつけた鶏もも肉だ。つけ込み時間はそう長くなくても、下味をよく揉み込んだので、味は滲みているはずだ。

ボウルの中身を覗き込み、猫は鼻をふがふがさせた。

「何やら色はパッとしませんけど、いい匂いがしますねえ。これ、煮るんですか、それとも焼くんですか？」

「揚げる。唐揚げを作るんだよ。僕がいちばん上がるヤケ食いメニューは、唐揚げとポテトフライ。あと、市販のコーンスープの中でも、ファミレスっぽい味のやつを倍量で飲むって奴だから」

「……何だかよくわかりませんけど、旦那の飯は何でも旨いから、楽しみですねえ。で、俺っちは何しますか？　いつもみたいに、米でも研ぎますか？」

　猫はジャージの袖をたくし上げる。僕は笑ってかぶりを振った。

「いや、お前、今日はちょっと遅かったから、もう炊飯器はセットしちゃったよ。じきに炊き上がる」

「あちゃー。いやね、今日は爺さんと一緒に散歩に来たちっこい生き物が、俺っちを飽きもせず撫でたおすもんで、くたびれちまって。うっかり昼寝がはかどったんですよねえ」

　悪びれもせずそんな弁解をして、猫はうーんと伸びをする。

　人間の姿のときでも、ちょっと背中あたりを撫でてみたくなるような、柔軟な身体だ。そこはかとなくいかがわしいので、やらないけれど。

「ちっこい生き物って、子供だろ？　いいじゃないか、撫でてもらって、気持ちよかったんじゃないのか？　猫って、撫でられたら喉をゴロゴロ言わせるじゃないか」

　僕がそう言ったら、猫は不満げに頰を膨らませた。

「ちっちっちっ。あのゴロゴロは、一部、リップサービスですよ」

「リップサービス⁉　そうなの？」

「猫が気持ちよさそうにしてると、人間は喜ぶもんでございましょ？　だから、そう、人間風に言うと、『苦しゅうない』ってなもんですよ、あのゴロゴロは」

「うわあ……。次から、お前以外の猫を撫でる機会があっても、その『苦しゅうない』がアテレコされちゃいそうだな」

「猫だって、あんまし撫で回されちゃ、気疲れしますって。当たり前でございましょうよ」

「それもそうか。……じゃあまあ、お疲れさん」

「そいつぁ、ナイス労りですね。じゃあ、特にやることはないんで？」

「んー、それもつれないな。じゃ、そこに半分に切ったちくわがあるから」

「あっ、ちくわ！　俺っち、これを齧るの大好きですよ」

「だろうな。でも、今夜は齧る前に、まな板の上に切っておいてあるチーズと胡瓜を詰めて」

「へえ。そんなちまちましたことをするんですか」

「うん。詰めてから一口大に切って、おつまみにする」

「なるほどね。俺っち、そういう細かい仕事、好きですよ」

「知ってる。ほら、唐揚げを揚げ始めるから、ちょっと鍋から離れとけよ。気をつけてても、油が飛ぶことはあるし、当たったら熱いから」

「おっと！　そいつぁやばい。旦那と違って、俺っちは風呂には入らない生き物ですからね。油汚れは厳禁ですよ」

大袈裟に飛び退る猫の仕草に笑いながら、僕は粉をまぶした鶏肉を、次々と熱した油に入れていく。今日は、小麦粉と片栗粉を半々にしてみた。

「風呂なら、さっき僕が入ったばっかりだから、まだ温かいよ。せっかく人の姿になったんだから、入ればいいのに」

すると、左手にちくわ、右手に胡瓜の細切りを持った猫は、ブンブンと壊れた人形のような勢いで首を横に振った。

「冗談じゃねえですよ。気にしない猫もいるっちゃいますけどね。俺っちは、足の裏を水に濡らすのが大っ嫌いなんですよ」

「へえ。そりゃいいこと聞いた」

「ちょっと！　何する気ですか、旦那」

「別に？」

「虐待反対！　猫は可愛がられるために生まれた生き物ですからね！」

「滅茶苦茶可愛がってるだろ」

猫と喋っているうちに、今朝から抱えていたモヤモヤが少しずつ軽くなってきた。最初は無理矢理笑っていたけれど、筋肉が緩んできたのか、今はいつもどおりに他愛ないお喋りをしながら、自然と笑顔になれている。

下味にたっぷりの生姜とちょっぴりのニンニクを使ったおかげで、油の中で、早くも唐揚げがいい匂いを漂わせ始めたのも、僕の気持ちを引き上げてくれているようだ。

「今日は、缶チューハイ二つずつ空けて、山盛りの唐揚げとポテトフライとコーンスープで、ささやかにヤケ食いをするぞ！」

そう宣言すると、ちくわを持ったままの腕を上げ、「おー！」と律儀に反応してくれた猫は、腕を下ろしつつ、僕を見てやけに静かにこう言った。

「大丈夫ですよ、旦那」

「へ？　何が？」

「俺っち、猫なんて人のことはよくわかんねえですけど、旦那が気のいい人だってことはわかります」

「な、何だよ、いきなり」

こちらも菜箸を持ったまま面食らう僕に、猫はやけに思慮深そうに目を細め、こう言った。

「いい人には、いいことがある。そういう世の中じゃなくっちゃ。俺っち、お社の神さんに、よくお願いしておきますよ」

どうも猫のやつ、僕をもう一度、今度はわかりやすく慰めてくれているようだ。もしかするど、さっきのフォローに僕が気付かなかったと思っているんだろうか。

気休めでも、そんな風に言ってもらえるのが嬉しくて、僕も笑って頷き、

「よろしく頼むよ。あとで、お賽銭を言付けるから。ああでも、今回は百円くらいしかできないけど」

と、答えたのだった。

＊　　＊

それから、きっちり二週間が過ぎた。

病院通いがすっかりルーティンと化していたせいで、しばらくは手持ち無沙汰な感じが消えなかったし、ときおり、沖守さんはどうしているだろうかと思いを馳せることもあった。

それでも、日が経つうちに、僕は彼女のことをあまり考えなくなった。

考えないようにしようと努力したせいもある。

決して体調が万全になったわけではないだろうから心配ではあるけれど、彼女には彼女の人生があるのだ。

入院中、ちょっと打ち解けたからといって、日常生活に戻ってからも馴れ馴れしくつきまとわれては嫌だろう……というか、むしろ気持ち悪いかもしれない。

僕がそんな嫌な存在になってしまわないように、沖守さんは、退院のタイミングで僕との関係にけじめを付けてくれたのかもしれない。

徐々に、そんな風にも思えるようになってきた。

三週間、本当は祖母とそんな風に過ごせたらいいなと思えるような、和やかな時間を持たせてくれた。その沖守さんに感謝こそすれ、少しでも不満に思った自分が、猛烈に恥ずかしい。

それもこれも、暇なのがいけないんだ。

早く次の仕事を見つけよう。

そう思って、ハローワークへ行ったり、自宅でパソコンから求職サイトを検索したり、これまで以上に職探しをしてみたけれど、これがなかなか難しい。

通勤にかかる時間と労働時間、仕事の内容、福利厚生、給与……そうしたすべてのことがしっくりくる求人など、そう簡単に見つかるものではない。

まあこれなら妥協の範囲内だろうと思って応募してみても、今度は先方のほうが僕では妥協できない、ということになったりする。

「申し訳ないけどね、君、ちょっとうちの会社で働くには覇気がないんだよ」

今日などは、そんな理由で面接後に社長から直接断りを入れられ、ガックリ肩を落として帰宅する羽目になった。

まったく、人間の世界はせちがらい。

猫が言ってくれたような「いいこと」は、そう簡単には起こりそうにない。お社の神様だって、たぶん万能ではないのだ。

「とはいえ、あまりにも気の進まない就職はしたくないし、この際、まずはアルバイト先を探したほうがいいかな」

失意のうちにスーパーに立ち寄り、ちょっとやけ気味に買い込んでしまった食材を、帰宅してダイニングテーブルの上に並べながら、僕は思わず独りごちた。

休暇は、いつか終わるのがわかっているから楽しめるのだ。

それは、単に僕が心配性だからかもしれない。無限の休暇を楽しく過ごせる人もたくさんいるのかもしれない。

でも僕にとっては、「終わりなき休暇」はちょっと怖い。楽しもうと思ってきたけれど、自分の心に正直になってみると、やはり怖い。

何が怖いって、このままの生活を続けていたら、仕事をする人生に戻れなくなるのではないかというのが怖い。

そんな恐怖が心の底にジワジワと積もっていくのを感じる今日この頃なので、せめて週に数日でも、時間を決めてアルバイトをするほうがいいかもしれない。

「夜は猫が来るから、昼間に何か……ランチタイムの飲食店でバイトを探そうかな」

そう独りごちながら、エコバッグのいちばん底に入っていた、お買い得の大きな春キャベツを取り出したとき、テーブルの隅っこに置いてあったスマートフォンが着信音を響かせた。

「うわっ、誰だろ」

もしかしたら、三日前に面接を受けたレストランからの連絡かもしれない。僕は慌てて春キャベツを置き、スマートフォンを取った。

しかし、液晶画面に表示された相手の名前に、ビックリして息を呑む。

それは面接先の店名ではなく、「沖守さん」の四文字だったのだ。

彼女が入院中、「何か、急にほしいものが出来たときに連絡してください」と、携帯電話の番号を知らせておいたのを思い出す。

けれど結局、一度もかかってくることがなかったので、すっかり忘れていた。

（もしかして沖守さん、また発作が起こったんじゃ……！）

ハッと我に返った僕は、大慌てで通話ボタンを押した。

「もしもし！　沖守さん？　坂井です！」

つい必要以上の大声になってしまって、スピーカーの向こうで、彼女が驚く気配がした。

数秒の沈黙の後、探るような声が聞こえる。

『あの、坂井さん？　ごめんなさい、今、お忙しかったかしら』

どうやら、僕が取り込み中だと勘違いさせてしまったらしい。僕は急いでその懸念を打ち消した。

「いえ！　全然大丈夫です。それより、どっか具合が悪かったりするんじゃゃ……」

すると、僕が慌てた理由を察してくれたのか、沖守さんはすぐに明るい声でこう言った。

『いいえ、いいえ！　むしろ逆なのよ』

「逆……ってことは、調子がいいってことですか？」

『ええ。気候がうららかでいいせいか、思ったより調子がよくなってきたの』

「そ……それはよかったです。ホントに」

僕は、ホッと胸を撫で下ろした。

久しぶりに聞く沖守さんの声は相変わらず穏やかで、でも確かに、退院の日より生気に満ちている感じがする。

「じゃあ、どうして連絡してくれたんですか?」

不思議に思った僕が訊ねると、沖守さんは、何故か少し躊躇う様子を見せてから、思いきったようにこう切り出した。

『坂井さん、この前は……その、退院した日は、本当にごめんなさいね。せっかく親切に家まで送ってくださろうとしたのに、失礼な態度をとってしまって』

僕はビックリして、思わず「えっ?」と素っ頓狂な声を上げてしまった。

まさか、あの日のことを、沖守さんが気にしているなんて思ってもみなかったのだ。すると彼女は、咳き込むような早口でこう言った。

『思い出せば思い出すほど、後悔してしまって。せっかくのお気持ちを振り払うようなことを言って、あなたのこと、きっと傷つけたわね』

「あっ、いえ、あの、いや」

『申し訳なかったわ。白状するとね、私、慌ててしまったのよ』

「慌てた……ですか?」

狼狽した僕は、思わず手近にあったキャベツを胸に抱いて、気持ちを落ちつかせようとしながら問いかけた。

『そう、慌てたの。だって、私、急に倒れて入院したでしょう? お家の中が散らかり放題で。とても恥ずかしくて、そんなところにあなたを上げるわけにはいかないと気がついたら、動転してしまって。それでつい』

「そんな理由だったんですか⁉」

僕がつい声のトーンを跳ね上げると、沖守さんも『ごめんなさい！』と大きな声で謝ってくれた。確かに、とても元気そうだ。

「い、いいえ、怒ってるわけじゃないんですけど、僕……その」

『お気を悪くしたんでしょう？　あんなによくしてくださったのに。毎日、後悔しながら暮らしていたんだけど、電話となると、どうも尻込みしてしまって駄目ね』

沖守さんの口調が、やっといつものゆったりした調子に戻ってきた。きっと何日もかけて、僕にどう話そうかと考え続けていたせいで、さっきまでの突然の早口だったに違いない。

（ああ、猫。お前の言うことは、本当だった）

僕は、胸がすっとすくような思いで、きっと今は叶木神社で「勤務中」の猫に、心の中で呼びかけた。

（お前が神様にお願いしてくれたおかげで、とてもいいことがあったよ、今）

沖守さんはあの日、日常生活に僕を立ち入らせまいと拒絶したわけではなかったのだ。

ただ単に、散らかった家の中を見せたくなかっただけ……あまりにも他愛ない理由に、僕は全身からふっと力が抜けるのを感じた。

とはいえ、特に体調に問題がないなら、いったいどうして電話をかけてきたのだろう。まさか、僕に詫びるためだけに……？

そんな疑問が心に浮かんだ瞬間、沖守さんのこんな言葉が耳に飛び込んできた。

『それでね。具合もずいぶんよくなったし、三週間かけてお家の中もまあ恥ずかしくない程度には片付けたし、お世話になったお礼に、我が家でお食事を差し上げたいんだけど、どうかしら』

いきなりの自宅へのご招待、しかも手料理を振る舞ってくれるという申し出に、僕はビックリしてしまった。

「そんな。お気遣いなく」

反射的に、そんな定型文が口をついて出る。でも沖守さんは、声に力を込めてこう言った。

『お気遣いじゃなくて、わたしがそうしたいのよ。あなたへの感謝の印でもあり、自分の快気祝いでもあるの。ちょっとご馳走を作るだけの体力が戻ってきたと実感したいって気持ちもあるわ。それに付き合ってくださいっていう、年寄りのわがまま』

「……はあ。お言葉に甘えていいんでしょうか？」

『是非、甘えてちょうだい。あと、よかったら、あなたが仰ってた……猫、さん？　お友達もご一緒にいらして』

　さらなるオファーに、僕はまたしてもビックリさせられる。

「猫もですか？」

『お会いしてみたいわ。だって、お話を聞くたび、とても楽しかったもの。きっと、素敵な方なんでしょう』

「あ、えーと、あー……」

　僕はキャベツを抱いたまま、再び言葉に詰まった。

　そうだ、沖守さんが入院中、僕は話題に窮して、よく猫のことを話していたんだった。

　勿論、彼が叶木神社の神様が派遣してくれた猫で、夜だけ人の姿に変身できる……などということは話していない。

　そうではなく、彼は「友達」で、毎晩、僕が作る夕食を食べに来る面白い奴だ、という話をよくしていた。

　初めての料理を食べるときの思わぬリアクションや、ちょっと猫舌なこと（猫だけに！）、それからファッションセンスが皆無なこと、あとは日々の馬鹿馬鹿しい会話について。

沖守さんが、「若い男の子が二人揃うと、そんな感じなの？」と興味津々で先を促してくれるので、猫の話を本当に色々した。

だから、沖守さんの心の中には、既に猫が住み着いてしまっているのかもしれない。

僕が言葉を濁したので、沖守さんは少し心配そうに訊ねてきた。

『もしかしたら、お仕事がとてもお忙しい方なのかしら。だったら、ワガママを言ってはいけないわね』

「ああ、いえ！　ただ、ちょっと……その、……ええと、仕事の都合で……」

『やっぱりお忙しいのね？』

「ではなくて、いや、けっこう忙しいのかな。と、とにかく、夜しか身体が空かない奴なんですよ。なので、夜にお邪魔するのはさすがに申し訳ないかなと」

苦し紛れの説明に、彼女はあっさり返事をしてくれた。

『いいのよ。こっちはちっとも構わないわ。じゃあ、粗飯だけど、お夕食を差し上げましょう。お二人でいらして。いつ来られる？　明日？　明後日？』

何だか、沖守さんの声は少女のように弾んでいて、僕までウキウキした気持ちになってきた。

とりあえず、今夜、猫に予定を聞いて、すぐに返事をすると言って通話を終えてからも、僕の頬は緩みっぱなしだった。

沖守さんと再び話せたことも、彼女がとても元気そうだったことも嬉しいけれど、何より、退院の日に、僕に自宅まで送らせてくれなかった本当の理由を知って、気持ちが晴れたのが嬉しい。

ああ、猫がスマートフォンを持っていたなら、今すぐＬＩＮＥか何かでメッセージを送り、この喜びを伝えるのに。

「こんなにいいことがあったのは、猫が神様にお願いしてくれたおかげもあるかもしれないし。……そうだ、お礼も兼ねて、ちょっと奮発するかな」

そう言って、僕は冷凍庫を開けた。

上段に入っていた、食品保存用の袋を取り出す。中に入っているのは、豚バラ肉のブロックで作った茹で豚だ。安売りのときにたくさん買って、仕込んでおいたものの残りである。

これと瑞々しいキャベツを使って、まずは回鍋肉を作ろう。大きなブロック肉なので、もう一品、醤油味のトロトロした煮込みも作れるはずだ。

箸で切れる柔らかな肉の煮込みを食べるには、ふわっふわの中華蒸しパン、花巻も作りたい。初挑戦だが、レシピを見ると、意外と簡単そうだ。

「よーし。今夜は腕によりをかけてご馳走を作るぞ」

そう意気込み、僕はずっと抱き締めたままだったキャベツをまな板の上に置いた。


そんなわけで翌日の夜、七時過ぎ。僕と猫は、連れ立って沖守さんの自宅を訪ねた。

彼女の住まいは、ちょうど、僕の家と叶木神社の中間あたりの住宅街の中にあった。おそらく、どちらからでも徒歩十分ほどの距離だ。

「ええと、番地から見て……ここだな。えっ、ここ？」

スマートフォンの地図アプリを頼りにたどり着いた沖守さんの自宅前で、僕は思わず立ち尽くした。

目の前に建っているのは、こぢんまりした一軒家だ。

僕の家と似たり寄ったりの年季の入った建物だが、僕の家が昭和の日本建築なのに対して、沖守さんの家は、煉瓦造りの瀟洒な洋風建築だ。二階建てで、煙突があるということは、暖炉もあるのだろう。

二階に並ぶ縦長の窓も西洋風でお洒落で、何とも住み心地が良さそうな家だ。

しかし、僕を戸惑わせたのは、門扉脇にある「沖守」の表札の上に掲げられた、一回り大きな木製のプレートだった。

そこには「茶話　山猫軒（やまねこけん）」と彫りこまれていた。おそらく、手彫りだ。あまり上手ではないかもしれないけれど、ちょっと鈍（どん）くさい字体には、かえって温もりが感じられる。

空き場所には「休業中」とマジックで書き付けた、白い紙が貼られていた。

「おやおや。婆（ばあ）さん、店やってんですかね」

猫は、両手を上着のポケットに突っ込んで、上体を軽く屈めてプレートをまじまじと見た。

僕は、そんな猫の頭を軽く叩く。

「こらっ。婆さんなんて絶対に言うなよ。沖守さん。ほら、言ってみな」

「オコモリサン」

「違う、沖守さん。名前を間違えるってのは、人間の世界では凄（すご）く失礼なことなんだからな。猫の世界ではどうだか知らないけど」

「猫の世界には、名前なんてあってないようなもんですからね。人間が勝手につけた名前なんざ、こっちには関係のないこって。気が向いたら返事してやるってところですよ」

そんな可愛（かわい）くないことを言う猫は、今日は僕のお下がりのちょっとだけよそ行きの服を着込んでいる。

さすがにジャージというわけにはいかないし、かといって、こういう服を……とイメージを伝えるのも面倒臭かったので、僕の服を貸すことにしたのだ。

少々、袖丈が足りなかったり、肩幅がパッツパツだったりすることに目をつぶれば、どうにか格好がついた。

ネクタイは首輪みたいで絶対にイヤだと言い張るので、ワイシャツとジャケットだけだけれど、もしゃもしゃの髪もムースで後ろに撫でつけたため、若干のよそ行き感が出ている。

頬の髭は、頑張れば引っ込むというので、引っ込めてもらった。

唯一、如何ともし難いのがその金緑色の目で、これはもう、高校時代に背伸びして買った、ジョン・レノンのような丸いレンズのサングラスを掛けさせることにした。

濃いオレンジ色のレンズのおかげで、目の色も、独特の瞳孔も、どうにか誤魔化すことができそうだ。

何故こんなものを買ったのか皆目わからない悪趣味なサングラスが、まさかここで役に立つとは。しかも、目鼻立ちのハッキリした猫がかけると、妙に似合っている。

「山猫軒とは、俺っちのために誂えたみたいな店名ですねえ。何の店だか」

オキモリサン、と口の中で何度か繰り返してから、猫はそんなことを言った。僕は、首を傾げる。

「茶話って書いてあるから、喫茶店かな。何だかちょっと、文学的だね」

「そうなんです?」

「山猫軒って、たぶん宮沢賢治の小説からとったんじゃないかな」

猫は、不思議そうに首を捻った。

「ミヤザワケンジ? 旦那の友達ですか?」

「間違いなく違う。もう亡くなった小説家さんだよ。『注文の多い料理店』っていう話に出てくるんだ。山猫がやってる『山猫軒』」

「山猫がやってるんでございますか? 何を出す店なんです?」

「まあ、物語の中では色々あるんだけど、結局、山猫が、お客のつもりでやってきた人間を、美味しく調理していただくための店」

「最高じゃないですか」

「猫的にはそうかもだけど、人間的にはそうでもないよね。……とにかく、沖守さんの家に間違いはないみたいだから、インターホンを押してみようか。もう、約束の七時を過ぎてるし」

戸惑いながらもインターホンを押してしばらく待っていると、シンプルな木製の扉が開いて、沖守さんが姿を現した。

「お入りになって」

声を掛けてもらったので、僕たちは門扉を開けた。玄関ポーチへと続く短い通路には平べったい踏み石が敷かれ、両側には、丈の低いハーブとおぼしき植物が植わっている。チューリップや水仙も咲いていて、建物に似つかわしい、ちょっと洋風の可愛い庭だ。

沖守さんは、玄関ポーチで僕たちを出迎えてくれた。

小さな花模様のついた、深緑色のワンピースを着込み、シンプルな木綿のエプロンを着けている。

スカートの裾が長く、また白くなった髪をうなじで小さくまとめていることもあって、どことなくターシャ・テューダーを思わせる装いだ。

電話の声から想像したとおり、沖守さんは本当に元気そうだった。

顔は相変わらず色白でも、頬には血の色がさしているし、唇の色もいい。何より、目に力が感じられた。

「ようこそ。はじめまして。あなたが『猫』さんね？　変わったお名前だけど、本当に猫さんなの？」

僕はドギマギしながら、傍らに立つ猫を見た。

猫のほうは、いっこうに物怖じする様子がなく、「ども」と小さく頭を下げた。

「猫です」

「やっぱり猫さんなのね。素敵な名字。今はお休みしているけれど、うちの店も『山猫軒』なのよ。嬉しい偶然ね」

そんなことを言いつつ、沖守さんは僕たちを家の中へ招き入れた。

家の中というより、「店の中」というべきだろうか。

決して広くない玄関から家の中に入ると、そこがどうやら店舗スペースであるようだった。

普通の家のリビングとおぼしき部屋の中に、木製の驚くほど大きなテーブルが置かれ、その周囲にぐるりと椅子が並べられている。奥のカウンターの向こうにあるのは、小さなキッチンだ。

部屋の片隅には小さな暖炉があり、その暖炉の両側には大きな本棚が造りつけてあり、ぎっしりと本が並べられていた。

「ここで喫茶店を?」

僕が訊ねると、沖守さんはちょっと寂しそうに微笑んで頷いた。

「夫の死後、ひとりぼっちがさびしくてね。それで、リビングを改装して、飲み物を出すだけの簡単なお店を始めたの」

「へえ……」

僕は感心して、「店」の内部を眺めた。

十人も入ればギチギチの、おそらく十五、六畳くらいの部屋だと思う。でも天井がやや高めなので、閉塞感はない。

テーブルの真ん中には水盤が置いてあるから、きっと営業するときは、そこに花を飾っていたのだろう。

椅子は、普通の家庭のダイニングチェアーのようなシンプルなものだ。お客さんはみんな、人の家庭にお邪魔したような気持ちを味わえるのではないだろうか。

猫は、不思議そうに沖守さんを見た。

「けど、これは家の中でございましょ。女ひとりの家に、他人を入れるなんてのは、怖くなかったんでございますか？」

猫の独特の語り口に、沖守さんは戸惑いの表情を見せたが、それでも率直に答えてくれた。

「それこそ、年寄りひとりだもの。家の中には金目のものなんてろくにないし、息子と夫の遺影以外、取られて困るものもないわ」

「あー、なるほど。で、注文が多かったり、客を美味しくいただいたりしてたんです？」

「ちょ、猫！」

さっきの僕の「注文の多い料理店」の説明をベースにしただけとはいえ、失礼極まりない質問に、僕はすっかり慌ててしまう。

だが沖守さんは、むしろ面白そうにクスクス笑った。

「そうなのよ。素人の店だから、わたしがお客さんに協力や我慢をお願いすることが多いかもって気持ちからつけた店名なの。死んだ夫や息子も、『注文の多い料理店』は大好きな話だったしね」

「へえ。猫が活躍する話を好きな人間は、いい人間ですやね」

猫は奇妙な納得をして、満足そうにうんうんと頷いている。

「やっぱり面白い方ね」

沖守さんが耳打ちしてきた言葉に、僕は曖昧に同意した。

「はあ、まあ、そうですかね。すみません、うるさくて」

「いいえ、賑やかで素敵。今夜は、お粗末な食事だけれど、たくさん召し上がっていってね。さあ、どうぞ、こちらへ。個人的なお客様は、お店じゃなく、私のキッチンと居間でおもてなしをしますからね」

そう言って、沖守さんは店の中を通り、僕たちを奥にある彼女のプライベートスペースへと誘ってくれる。

「はあ、俺っち、もう腹ぺこですよ。何食わしてくれるんですか?」

あれほど礼儀正しく振る舞えと言い聞かせたのに、猫の奴はすっかりいつもどおりの口調で、まるで長年の知り合いのように人懐っこく沖守さんに話しかけている。

それに気を悪くした風もなく、とても楽しそうに答えている沖守さんにホッとしつつ、僕は、誰もいない寂しい「店」のことが、妙に気になっていた……。

添う心

四章

大皿にたっぷりの、錦糸卵と甘じょっぱく煮た椎茸の細切りをどっさり載せた五目寿司。頭こそついていないけれど、箸で掴むと持ち重りがする、思いきりかぶりつける大きさの海老フライに、手作りのタルタルソース。

鶏肉と干し椎茸、大根、人参、レンコン、牛蒡、こんにゃくを大ぶりに切って、甘じょっぱく煮上げた筑前煮の上には、茹でたサヤインゲンと、半分に切った甘露煮の栗が散らしてある。

何だか給食を思い出す、たっぷりのマヨネーズで和えた、ざく切りのゆで卵入りのマカロニサラダは、プチトマトとパセリで彩りよく飾り付けられていた。

箸休めには、そこだけ妙にハイカラな、軽いカレー味をつけた白菜の浅漬け。

そして、大きめのお椀で蒸し上げた具だくさんの茶碗蒸しに、デザートの白玉入りの冷たいお汁粉。

沖守さんの心づくしの手料理は本当に美味しくて、僕も猫も、どう見ても五人分は優にある料理を、育ち盛りの子供みたいにがふがふ食べた。

気を遣って無理をしたわけではなく、本当に、懐かしくて優しい味のご馳走ばかりで、いわゆる食べ疲れという現象が全然起こらなかったのだ。

沖守さんは、「夫と息子がいた頃みたい」と嬉しそうに微笑みながら、僕たちの取り皿に、何度もお代わりを盛りつけてくれた。

食べるだけではない。猫がいてくれたおかげで、三人だけのささやかな食卓は、信じられないくらい賑やかだった。

といっても、猫は別に、いわゆる宴会の盛り上げ役のようにコールをしたり、無闇にはしゃいだりするわけではない。

いつも僕と食事をするときのように、沖守さんに対しても、実に遠慮のない、素朴な質問を投げかけるだけだ。

そう、実に遠慮のない質問。

「息子さん、なんで死んじまったんです？」

とか、

「死んだ旦那さんとは、どうやって知り合ったんです？」

なんてことを、何の助走もなく、突然ズバッと訊いてしまうので、僕はそのたび、心臓の悪い沖守さんがショックを受けないか、気分を害さないかと、内心ヒヤヒヤしていた。

でも、結果として、そんなことはまったくなかった。

むしろ沖守さんは、とても嬉しそうに、部屋の片隅に置かれた洋風の小さな仏壇から、亡き息子さんと旦那さんの遺影を持って来て見せてくれたり、家族の思い出話をたくさんしてくれたりした。

途中で感情が高ぶって涙ぐむことは何度かあったけれど、辛い話をしているというよりは、楽しい、温かな、大切な記憶をひとつずつ取りだして見せてくれているようで、僕も何度か胸と目の奥が熱くなった。

何より素敵だったのは、沖守さんが、猫に質問されたから仕方なく答えているといった風ではまったくなく、猫が訊かなかった話まで、色々としてくれたことだ。

たとえば、この家は沖守さんの祖父母が戦前に建てた家で、戦時中は、まるで奇跡のように、一帯でこの家だけが空襲による破壊を免れたそうだ。

「そうは言っても、窓ガラスは粉々、庭の草木は焼けて、家の外壁の煉瓦にも、あちこち焼け焦げた痕跡があるのよ。この家は、よく頑張ってくれているの」

そう言って、漆喰塗りの壁をサラリと撫で、沖守さんは愛おしそうに微笑んでいた。

猫が沖守さんの思い出話をどう思って聞いていたのか、僕にはわからない。彼はただ、ニコニコして話を聞き、ときおり頷き、追加の質問を最高のタイミングで挟んだりしていた。

僕は残念ながら話術はからきしなので、ただ二人の会話に耳を傾け、小さな可愛い家の至るところに、今はもういない、沖守さんの大切な家族の息づかいを感じていた。

本当は、沖守さんは病み上がりなのだから、滞在は短めに切り上げておいとましなくては、と僕は思っていた。

それなのに、引き留められるまま、結局四時間近くも、僕と猫はとても楽しいひとときを過ごした。沖守さんも物凄く楽しそうで、ちょっと身体が心配になるくらい、あれこれと僕らの世話を焼いてくれた。

帰りには、「これ、おうちで食べて頂戴ね」と、残り物を余さず密封容器に詰め、用意してくれていたらしい焼き菓子まで一緒に紙袋に詰めて、持たせてくれた。

「婆さ……オコモリさん、俺たちが見えなくなるまで、手を振って見送ってくれましたねえ。いい人間だ」

もう誰も往来していない帰り道をゆっくり並んで歩きながら、猫はそんなことを言った。特徴的すぎる目元を隠していたサングラスは、すでにジャケットの胸ポケットに突っ込まれ、その頬からは、いつもの猫のヒゲがピンと飛び出している。

金緑色の目が、疎らな外灯の白々した光を受けて、キラリと光った。暗がりでは、驚くほど黒目部分が大きくなるので、やけに可愛らしい顔立ちに見えてくるから不思議だ。

「沖守さんだってば。喋ってる最中も、何度も思いきり間違えて呼んでただろ、お前」

「ありゃ。そうでございましたっけ？」

「そうだよ！　沖守さんが、『病み上がりの婆さんは、本当におこもりさんだから』って面白そうに笑ってたから、話の腰を折らないように黙ってたけど」

「だったらいいじゃないですか。きっと気に入ってんでしょ、オコモリさんって名前」

「それはどうかな。っていうか、おこもりさんになっちゃ駄目なんだよ。足腰が弱らないように、気候のいい今の間に、また神社への散歩を再開して貰わなきゃ」

僕がそう言うと、お土産の入った紙袋をぶんぶんと元気よく振って歩いていた猫は、面白そうな顔つきで僕を見た。

「やや、旦那、もうすっかりオコモリさんの身内ですなあ」

僕は、決まり悪くて、わざと顰めっ面をして言い返した。

「身内じゃないけど、ずっと病室に通ってたからさ。退院した後も、やっぱり気になるよ。どうせ無職なんだから、通院の付き添いが必要ならご一緒しますよってお節介をしちゃう程度にはね。そんなタダ働きは駄目よって、断られちゃったけど」

「代わりに、病院の送り迎えなんかより、もっと楽しそうなお願いをされたじゃねえですか」

猫の言葉に、僕はウッと返事に窮した。

猫の言う「もっと楽しそうなお願い」というのは、そもそも猫が水を向けたせいで発生した、沖守さんの言葉を借りれば、「言うだけはタダのわがまま」だ。

僕は黙りこくったまま、つい三十分ほど前の出来事を思い出していた。

実は楽しい食事の後、「お客様にそんなことをしていただくなんて」と尻込みする沖守さんを説き伏せ、僕と猫は二人で洗い物をさせてもらった。

といっても、他人様のお宅の素敵な食器を、猫がいつものようにスポンジで無造作にゴシゴシ擦ったりしては困る。特に、塗りの器をそんな風に扱われたら、沖守さんの心臓に果てしなく悪い。

だから、洗うのは僕、拭くのは猫、食器棚に戻すのは沖守さんという、実に合理的な役割分担をした。

そこでも、沖守さんの亡きお母さんは食器コレクターで、いい品を買ってはしまいこんでいたのだけれど、沖守さんはそうしたものを引っ張り出して、片っ端から日常生活や「山猫軒」で使っている……というような話が出た。

「だって、使われずにずっと暗くて狭いところにいるなんて、せっかく食器としてこの世に生まれたのに、ちっとも楽しくないじゃない？　そりゃ、使えば塗りは剝げるし、私やお客さんの不注意で割ってしまうこともあるけど、そこは生き物と同じ。それがその食器の天命だったんだって思うようにしているの」

そう言って屈託なく笑う沖守さんとは対照的に、僕はギョッとして、洗っている最中の大皿を見た。

さっき、筑前煮がたっぷり盛りつけられていた、楕円形の少し立ち上がりのあるその大皿は、藍色や赤、金彩で繊細な植物の模様が描き込まれた、それはそれは美しいものだ。

きっと高いんだろうなと思って見ていたけれど、実は僕の想像を超えたいいものだったりするのだろうか。

怖々裏返して、メーカー名を読み取り、僕はのけぞってしまった。

「沖守さん、これ！」

「はあい？　どうかしたの、坂井さん？」

「あの、あの、この"NORITAKE"って……」

狼狽する僕に、沖守さんはこともなげに頷いた。

「そうそう、オールドノリタケって言われるものよね。戦前、米国に輸出するために焼かれたお皿なんですって」

「あ……あわわ……滅茶苦茶古いものじゃないですか！」

「そうよ。だから大事に扱ってちょうだいね」

「は、はいっ。猫！　絶対落とすなよ。そうっと優しく拭けよ」

僕は細心の注意を払って皿を濯ぎ、両手で猫に渡した。

一方の猫は、いつも「便利だ！」と言いまくっている人間の手で皿を受け取り、他の食器と同じように無造作に拭きながら、沖守さんを見た。

「古い皿は、値打ちがあるんですか？」

問われた沖守さんは、可愛らしく首を傾げた。もとから上品な人だけれど、時々、仕草に少女のような愛らしさを見せるのが、とても魅力的だ。

「それは、猫さん。値打ちという言葉が、何を意味するかによるわねえ」

「ってぇと？　金になる、金にならないけど大事、みたいなことですかね？」

沖守さんは穏やかに頷き、キッチンに置かれた木製の踏み台に腰を下ろした。

やはり、疲れが出ているようだ。そろそろゆっくりしてもらわなくてはと思いつつ、話の邪魔をするのは躊躇われて、僕は洗い物を続けながら、そっと耳をそばだてる。

「そうね。アンティークとしての価値、思い出の品としての価値、あるいは、好みの品という意味での価値。そのお皿の場合は、三つともが揃っているから、私にとっては、とっても価値のあるものね。でも、猫さんにとって価値があるものかどうかは、私にはわからないわ」

「なるほどね～。オコモリさんの説明は、旦那のと違って、わかりやすくていいや」

実に失礼極まりない発言をサラリとぶちかまして、猫は座ったままの沖守さんの膝に、大皿を置いた。

「どこにしまうか言ってくれたら、俺っち入れますよ」

「そうね、じゃ、食器棚のいちばん左の扉を開けてちょうだい」

「ほいほい」

猫は身軽に歩いていって、てっぺんが天井スレスレまである大きな木製の食器棚に近づき、細長いガラス窓つきの扉を開ける。内部は水平に渡した板で細かく区切られていて、そこにぎっしりと様々な食器が詰め込まれている。

他の扉の内側も、きっと同じような感じなのだろう。

上のほうは、今沖守さんが座っている踏み台に乗らないと、食器の出し入れが不可能で、高齢、しかも病み上がりの女性には、ちょっと……いや、だいぶ危ない。

余計なお節介だけれど、何か改善策を提案したほうがよさそうだ。

僕がそんなことを考えていると、沖守さんは、膝の上の大皿を、まるで猫でも抱くように両手で抱え、愛(いと)おしげに撫(な)でながら言った。

「その、上から五番目の棚に入れてちょうだい」

「あーはいはい、ここの隙間(すきま)でございますね？　かしこまり」

沖守さんから大皿を受け取り、棚の指定された場所に納めた猫は、感心した様子で、たくさんの食器たちを上から下まで眺めた。

下のほう、つまり、小柄な沖守さんでも楽に使える高さの棚には、ティーカップやコーヒーカップ、マグカップがたくさん詰まっている。

そのあたりを指さして、猫は、沖守さんに訊ねた。

「このへんのもんを、あっちで使ってんですか？」

そう言いながら指先を移動させたのは、例の「山猫軒」スペースだ。

沖守さんは、ちょっと寂しそうに頷(うなず)いた。

「そうよ。でももう、使ってた、って言わなきゃいけないんでしょうね」

猫は、まん丸な目を、さらに見開く。

「へ？　店、閉めちまうんですか、オコモリさん？」

沖守さんは、曖昧(あいまい)に頷く。

「だって、心臓がこれだから」

「治ったんでございましょ？　別に出勤するわけじゃなし、こっちの部屋からあっちの部屋へ行くだけじゃありませんか。婆(ばあ)さんひとりでも、できねえことはないと思いますけどね、俺っちは」

「ちょ、こら、猫！」

僕は小声で窘めたが、沖守さんは「いいのよ」と笑って、ワンピースの胸元に小さな手を置いた。お年寄り特有の張りのない皮膚が照明を受けて、何だかビスクドールの手のようにつるんとして見える。

「お医者様からは、養生していても、何かの弾みで、やっぱり時々は不整脈が出ることがあるかもしれないって言われているの。心筋梗塞だって、繰り返す可能性はあるんですって」

「だから？　人間、誰だって一度は死にますよ？」

「猫……！」

病み上がりのお年寄りに、死ぬ話をしてどうする。僕は思わず頭を抱えたけれど、沖守さんは、むしろ面白そうにクスクス笑った。

「そりゃそうよ。逆に、二度死ぬ人は滅多にいないんじゃない？　まあ私は、一度死ぬところだったのに、坂井さんのおかげで助かったわけだけど。でも……」

ふっと、沖守さんの顔から笑みが消える。彼女は、寂しさを噛みしめているのが明らかな声音で言った。

「今さらくだらないことをと思うかもしれないけれど、私にだって誇りも意地もあるのよ。お店をやる以上、中途半端なお仕事はできないし、お客様の前で倒れるような無様なことも、絶対にしたくないわ」

僕は、ハッと胸を打たれた。

素人がやっている店だから、と謙遜していたけれど、沖守さんは、立派にプロ根性を持って、「山猫軒」を経営してきたのだ。

だからこそ、自分の健康状態に自信が持てず、十分なもてなしができないかもしれないのに、店を再開することはできないと考えているのだろう。

僕には、沖守さんの気持ちが痛いほどわかった。

でも猫のほうは、相変わらずのとぼけた口調と表情で、平然とこんな返事をした。

「まあ、そりゃ、客だっていきなりオコモリさんが倒れたら、ビックリしますからねえ。金を払ってビックリさせられたんじゃ、たまらな……ああいや、人間ときたら、わざわざ金を払って、お化け屋敷とかいう暗くて小汚え建物に、脅かされに行くんでしたっけ」

「あら、いやだ。私の店は、お化け屋敷じゃないわ。婆さんが倒れる出し物は、予定していません」

沖守さんはクスクス笑ったが、その顔は、やはりまだ寂しそうだ。

猫は、ちょんちょんと歩いていって、沖守さんの真ん前に立ち、その軽く俯いた顔を、上体を折り曲げるようにして覗き込んだ。

「けど、店、やりたいんでございましょ？　お客さんに会いたいんでございましょ？　顔に書いてありますよ」

「あら、困ったわ。どこに書いてあるのかしら」

沖守さんは、両手で頰を覆う。おどけた仕草だが、図星なのだろう。昔、修学旅行先の奈良で見た、どこかのお寺の観音様を思わせる優しい目は、笑ってはいなかった。

「でも、そうね。うちは宣伝も何もしていないから、お客さんは決して多くないの。簡単な飲み物しかお出ししないしね。でも、来るお客さんは皆さん、いい方ばかり。思い思いに静かな時間をここで過ごして、またご自分の生活に戻っていかれるの」

猫は珍しく軽口を叩かず、ただ視線で先を促す。沖守さんは、小さく微笑んで話を続けた。

「お客さんたちがほんのひととき息をつける、細い止まり木のような場所を提供できているのかしらって。それが、夫亡きあとの私の喜びであり、生き甲斐であったのね。できなくなって初めて、小さなお店が、私にとってはとても大きな存在だったたって気がついたわ。だから、閉めなくてはならないのが、とても寂しい」

「だったら、閉めなきゃいいじゃありませんか」

猫は、何をくだらないことをと言いたげに、身体を真っ直ぐに戻す。僕は、たまりかねて口を挟んだ。

「猫！　そういうのは、沖守さんが決めることだから……」

「ああ、そうですね。そうだそうだ。人間には、コヨウカンケイ、とかいうのが必要なんでしたっけ」

「はあ？」

「オコモリさんが自分で店をやれねえんなら、旦那を雇えばいいじゃありませんか」

えっ、という驚きの声が、沖守さんと僕の口から同時に飛び出す。

僕たちの顔を交互に見て、猫は出来の悪い生徒を教えている教師のような顔で、偉そうに言い放った。

「オコモリさんはお給金を旦那に払う。大丈夫、旦那はいいお人なんで、ぼったくりはしませんよ。で、旦那はここでオコモリさんに見張られながら働いて、脱無職！　俺っち、天才なのでは？　これ以上の……ええと何でしたっけね、ぶいんぶいん？」

「……Win-Win」

「そうそれ！　ういんういんでは、ないのでは？」

「猫〜！　確かに僕は無職だけど」

「そう、旦那は無職ですよ。仕事が見つからねえって、俺っちにさんざん愚痴ってきたじゃありませんか」

「ウッ」

痛いところを突かれて絶句する僕から沖守さんに視線を移し、猫は、困惑の面持ちで黙っている彼女にこう言った。

「この旦那、こう見えて、料理上手なんでございますよ。だからきっと、飲み物だって上手に作ります。愛嬌はまあ、だいぶ足りないですけど、そこはオコモリさんに足していただいて。如何です？」

「猫！　沖守さんにだって、選ぶ権利が」

　こんな身勝手な計画を押しつけられたら、沖守さんだって困ってしまうに違いない。ここは僕が、きちんと猫を黙らせなくては。

　そう決意して、僕としてはけっこう厳しめの声で言いかけたとき、沖守さんが、ぽつりと言った。

「でも、坂井さんがお嫌でしょう、こんな地味なお仕事」

「えっ」

てっきり、沖守さんが、僕なんかを雇いたくないだろうと思っていたところで、そんな台詞だ。僕は気勢を削がれ、ついボンヤリしてしまった。

沖守さんは、まずは得意げな顔の猫を、次いで、半ば放心状態の僕の顔を見て、躊躇いがちに口を開いた。

「坂井さんにはうんとお世話になってしまったから、これ以上を望むのは厚かましいとは思うのよ。でももし、坂井さんが私のお店を手伝ってくださるのなら、こんなに嬉しいことはないわ」

「えっ？　あ、あの、え？」

「勿論、将来的に左うちわで暮らせるようなお給金はとても出せないし、お仕事も、お若い方には退屈で仕方ないかもしれないわ。でももし、次のお仕事が見つかるまでの間、お願いできるなら……私はそれが二ヶ月でも三ヶ月でも、嬉しいわ」

「いや、でも僕は、店をやるには向いてないんじゃ……その、ほら、こんな風に、話が下手だし」

「あら、お喋りなんてしなくていいのよ。うちのお客さんたちは、みんな静かに過ごされるんだから」

「……そう、なんですか？」

「ええ。飲み物だって、私が作れるんだもの。あなたなら簡単よ」

「ええええ……」

何だろう、物凄く勢いで、外堀が埋められている気がする。以前、映画で観た、水攻めにされている忍城の心境だ。

ただし、その水が、とてつもなく温かくて気持ちがいいのが、忍城と違って、別の戸惑いを僕の心に生み出している。

「いいじゃねえですか、旦那。やっちゃえば」

猫は雑に僕の背中を押し、沖守さんは、「言うだけはタダの、婆さんのわがままだけど、一度、考えてみてはもらえないかしら」と、優しく僕に猶予をくれた。

それで僕は、「考えてみます」とひとまずは答え、そして、半ば逃げるように帰途についたというわけだ。


「気になるんなら、やってみりゃどうです?」

沖守さんの家で言っていたのと同じ言葉を繰り返し、猫は僕の顔を見た。

猫の姿のときもそうだけれど、こいつの目は、本当に感情豊かだ。

敢えて言葉にしない、「何を躊躇ってるんです?」という問いを、その吸い込まれそうに大きな瞳が投げかけてくる。

　仕方なく僕は、白状した。

「僕はさ、昔から、新しいことを始めるのが、凄く怖いんだよ」

「は？　怖い？　だって旦那、新しい仕事をずっと探してるんでございましょ？」

　そう問われて、僕は力なく頷く。

「でないと、生きていけないからね。国だって、心身共に問題がない奴を、いつまでも養ってはくれないし。だけどやっぱり、怖いんだよ。尻込みしちゃうんだ、子供の頃から」

「俺っちなんか、初めて食う料理を旦那が出してくるたびに、ワクワクしちまいますけどね」

「僕は、初めて作る料理を出すとき、滅茶苦茶ドキドキしてるよ！　っていうか、そんな些末なことじゃないだろ。これは、沖守さんが大事にしてきたお店を、たとえ短期間になるにせよ、引き継ぐってことなんだから」

　すると猫は、肩が凝ってきたのか、スーツのジャケットを脱ぎ、バサリと肩に引っかけて、あっさりこう言った。

「大事も何も、旦那が引き継がなきゃ、潰れる店ですよ？」

「そうなんだけど！」

「どうせ潰すんなら、やってみて潰しゃいいんじゃないですか？　それに、旦那がホントに怖いのは、そういうこっちゃねえでしょ」

「……っていうと？」

猫は、暗い夜道で僕の顔に自分の顔をぐっと近づけ、肩で僕に軽く体当たりをして、ごくさりげない調子で言った。

「旦那は、オコモリさんをガッカリさせるのが、ホントは怖いんですよ。俺っち知ってます」

「！」

言葉のナイフに刺されるというのは、こういうことをいうのだろうか。

自分自身も気付いていなかったけれど、猫に言われてみれば、そのとおりだ。

僕のことを頼りにしてくれる沖守さんを、ガッカリさせたくない。

でも僕は不器用な人間だから、店の仕事を、沖守さんが期待するほど上手にはできないかもしれない。

あの見るからに、聞くからに素敵なお店の空間が、僕が入ることによって台無しになってしまい、こんなことなら店を再開するんじゃなかったと沖守さんに思わせてしまうかもしれない。

それが、とてつもなく怖いのだ。

「俺っち、怖がるのは悪いことだと思いませんよ、旦那」

何だかショックを受けてしまった僕を慰めるように、猫は、肩を並べて歩きながら、静かに言ってくれた。

「いいことでもないだろ？」

僕は、ちょっとふて腐れた口調で言い返す。みっともないけれど、そうせずにはいられなかったのだ。

でも猫は、少しも腹を立てず、こう言葉を添えてくれた。

「いいことですよ。人間は、こう言うんでしょ？『石橋を砕いて渡れ』……、あれ、それじゃ渡れねえな」

「石橋は、砕いちゃダメだよ。叩くんだ。叩くと、ヒビが入ってるところで、音が変わるから」

「あー、なるほど。まあつまり、旦那は他人様よりちょっと多めに、石橋を叩く癖があるってだけのことです。人よりモタモタするにしても、人よりちゃんとした仕事をする。そういうことでしょ。俺っち、旦那はオコモリさんとこで働くのが、幸せだと思いますけどね。あの婆さん、旦那に心ゆくまで叩かせてくれそうじゃありませんか」

「……確かに」

確かに、猫の言うとおりだ。

これまで、求人広告を見ては、やれ給与が低い、通勤時間が長い、福利厚生がない、業務内容に興味が持てない、などとあれこれマイナス要素を見つけては却下し、仕事が見つからないと嘆いてきた。

でも本当のところは、新しい一歩を踏み出すのが怖くて、猫言うところの「石橋を砕く」行為を繰り返していただけなのだ。

石橋は、叩いて、少しずつでも渡らなくてはならない。

そうでなければ、新たな生活を始めることはできない。

僕の中で、人が聞いたら笑うような、小さな決意が固まりつつあった。

「わかったよ」

僕は、ひとつ大きな深呼吸をしてから、猫を見て言った。

「明日、沖守さんに電話する。お店のこと、引き受けるって言ってみるよ。たぶん、アルバイトってことになるんだろうけど、色々条件については話さなきゃいけないだろうし」

「おっ！　いきなり現実世界へようこそ。やっと決心がついたんですね、旦那」

「猫のおかげでね。……そうだよな。あんなに素敵な店で働けるなんて、望んだってないことだもん。沖守さんから誘ってくれたのに、断ったら駄目だよな」

猫はパチンと指を鳴らす。器用な奴だ。僕なんか、何度やっても上手くいかないというのに。

「それでこそ、旦那！　俺っちは昼間は猫ですけど、たまに様子を見に行きますから心配しないで」

「神社の仕事はいいのかよ？」

「ま、お散歩連の来る時間帯は、朝夕と決まってますからね。それ以外の、俺っちの貴重で優雅な昼寝の時間を割いて、旦那の応援にかけつけてあげますよ」

「……そりゃどうも」

ゲンナリしたふりをしつつも、猫が来てくれると聞いただけで、何だかとても心強い。

大きな不安と、そこそこの恐怖と、同じくらいのレベルのワクワク。

そんな複雑な気持ちを抱えて、僕はヒンヤリした夜の空気の中、軽い足取りで踊るように歩く猫と、我が家に向かって歩いていった……。


それからというもの、坂道を転げ落ちるような……という表現は、あまりよくないことに使うものだと思うけれど、本当に、僕は自分が、坂道を転げ落ちるおにぎりになったような心境で過ごした。

翌日、心づくしのおもてなしのお礼を兼ねて、お店の仕事を引き受けたいと伝えるため、僕は沖守さんに電話をした。

「昨夜は楽しかったわ。はしゃぎ過ぎちゃって、今日はベッドの中で、ゴロゴロ怠惰に過ごしているの。お昼の刑事ドラマ、なかなか懐かしくて楽しいわよ」

酷く疲れさせてしまったのではないかとギクッとしたけれど、スマートフォンの受話器越しに聞く沖守さんの声は、むしろ張りがあって元気そうだった。

そして、僕が「山猫軒」で働いてみたいと伝えると、物凄く……僕の予想など遥かに超えて、喜んでくれた。

一応、社会人を経験した僕が、勤務条件などはイニシアチブを取って決めていかないといけないだろうと思っていたのに、そこからが凄かった。

「じゃあ、至急、書類を整えていただくわね」

そう言ったが早いか、翌日には、僕は再び、今度はひとりで沖守さんのお宅に呼ばれた。

そこには司法書士さんがいて、沖守さんと僕の希望を聞いて、雇用条件をサラサラと書き出し、あっと言う間に雇用契約書を作ってくれた。

それによると、以前から沖守さんは店を一日おきに開けていたので、僕の勤務日は、基本的に、月水金。時間帯は、午後一時から五時まで。

どうやら沖守さんは朝が弱いらしく、以前から、営業時間はそのくらいだったそうだ。

徒歩圏内だから交通費が発生しない分、バイト代に上乗せを……と沖守さんのほうから希望してくれて、時給は申し訳ないくらいよくなった。

勿論（もちろん）、週に三日、四時間ずつ働くだけでは食べていける額にはならないが、沖守さんは、それをちゃんと理解していて、あと二つ、仕事を追加させてほしいと言ってくれた。

一つは、毎週火曜日の、病院への付き添い。もう一つは、週に二度、二時間程度の沖守さん宅の清掃（せいそう）。

いずれも、本当は、時間があったら僕がやりましょうかと改めて申し出ようと思っていたことを、沖守さんは全部、仕事として契約書に組み入れてくれた。

「十分な額とはいえないでしょうけど、このくらいは払わせてちょうだい。財産を遺（のこ）したところで、引き継ぐ人はいないんだもの。私が楽しく暮らすために使うなら、夫だってきっと喜んでくれるわ」

そう言って、沖守さんはカラリと笑っていた。

そんなわけで、沖守邸を訪問してからきっかり一週間後、僕は、「茶話　山猫軒」のアルバイト店長になった。

といっても、店は沖守さんの自宅の中にあるので、沖守さんも体調のいいときは、お客さんの顔を見にやってくる。

まったくひとりぼっちでの切り盛りでないのは、スタート地点に立つ身としてはありがたかった。

店の設えは少しも変えず、小さな部屋の中央にどーんと据えられた、真四角の重厚なテーブルの真ん中には、大きな水盤がある。店の再オープンを祝って、沖守さんが、彼女の指示どおりに僕が買ってきた花を、綺麗に生けてくれた。

色とりどりのスイートピーと、緑が目に鮮やかなアイビーを基調にした、カラフルで、でもとてもシンプルな、落ちついたアレンジだ。

平べったい水盤に、まるでそこから生えているようにスイートピーが生けられているので、お客さんが見ると、野原に来たような気持ちになれるかもしれない。

飲み物のメニューは、ホットとアイスのコーヒー、カフェオレ、ポットサービスの紅茶、ほうじ茶、レモンスカッシュ、そして、赤いシロップを使ったクリームソーダ。それだけだ。

すべての飲み物には、沖守さんが長年に渡って取り寄せているという、和三盆糖の「霰糖」というお菓子を三粒、豆皿に載せて添える決まりだ。

和三盆糖は、徳島県や香川県でサトウキビから特殊な方法で作られる、稀少で上等な砂糖だということくらいは、僕だって飲食業に携わっていた人間として、当然知っている。

でも、霰糖というのは、初耳だった。

沖守さんは、最初の日、開店準備をしながら緊張しまくっている僕の口に、この霰糖を一粒、指先で摘まんで入れてくれた。

象牙色の粒子の細かい和三盆糖の塊が、ゆっくりと溶けていく。

普通の白糖のようなエッジのきいたシャープな甘さではなく、何だか幼い子供にギュッと抱き締められているような、とにかく温もりのある、優しい、でもとても濃厚な甘さだ。後味には、微かな香ばしさすら感じる。

「干菓子とは違うんですか？　確かに、形は小石みたいで不揃いだし、型押しもされてないですけど、固まってますよね？　けっこう硬い」

僕が首を捻っていると、沖守さんは、霰糖が入った小さな袋を大切そうに手のひらに載せ、説明してくれた。

なんでも、和三盆の仕上げ過程で砂糖をふるいに掛けるとき、ふるいに残った塊を、そのまま天日乾燥させたものなのだそうだ。

つまり、天然の干菓子とでも呼ぶべき、物凄く貴重なお菓子らしい。

お客さんは、それを飲み物に溶かしてもいいし、口に含んでもいい。自由にその豊かな風味を楽しみ、優しい甘さに癒されることができるというわけだ。

他にも、レモンスカッシュに使うレモンは、瀬戸内海に浮かぶ生口島という小さな島の、その名もレモン谷というところで栽培された無農薬の完熟のものを取り寄せ、旬の時期に果汁を搾って冷凍保存しておくそうだ。

沖守さんは「飲み物しか出さない店」と謙遜していたけれど、実際は、コーヒー豆も紅茶やほうじ茶の茶葉も、自分が好きなものを揃えた、とてつもないこだわりの店だった。

僕は感嘆し、ますます緊張しつつ、沖守さんが素材一つ一つについて教えてくれることを必死でメモした。

最初に来たお客さんは、近所に住んでいるという、沖守さんより年上の……おそらく揃って八十代のご夫婦だった。

聞けば、開店すぐの頃から通ってくれている、常連さんだという。

しかし、ご夫婦は、休業中のことを詮索するでもなく、再会を大袈裟に喜ぶでもなく、ただ、「お久しぶり、お元気そうでよかった」と沖守さんに声を掛け、それから「この人は？」と、エプロン姿でカカシのように固まっている僕を、不思議そうに見ただけだった。

沖守さんもまた、病気のことなど一切語らず、ただ、「お店を手伝ってくださる、坂井さん」と、僕のことを実に簡略に紹介してくれた。

それから沖守さんは、久しぶりの常連さんが「いつものね」とオーダーしたホットコーヒーを、みずからお手本として、ドリップしてみせてくれた。

素材は極上だし、仕事は丁寧だし、使う食器も、普通の喫茶店では使えないような上等なアンティークだ。

でも、沖守さんは少しもそうしたこだわりをアピールせず、気負った様子も誇らしげな様子もなく、ごくシンプルに飲み物を仕立て、霰糖を添えて、そっとご夫婦に提供する。

ご夫婦も、その日のカップを楽しんで眺め、花を愛で、ガラス窓から見える小さな庭の景色を楽しみ、穏やかに会話をしたり、本や新聞を読んだりして、何だか自宅の居間のようにくつろいでいる。

そんな光景を見ているうち、僕は、自分の緊張が、少しずつ解れてきたのを感じた。

決して、緊張が綺麗さっぱり消えたわけではない。でも、余計な力が抜けたといえばいいのだろうか。

極上の素材を台無しにしないように、仕事は真剣に、誠実に。

僕に出来る限りの美味しい飲み物を作り、まるでゲームのように、お客さんに合いそうなカップを選び、可愛い豆皿に霰糖を載せて、そっと出す。

それが、僕の仕事だ。

ここは、あくまでもお客さんにくつろいでもらう場所であって、グルメ自慢をするところではない。

飲み物も食べ物も、お客さんの気持ちを豊かにするためのツールの一つに過ぎないし、店員は黒子のようなものだ。

基本的に、挨拶（あいさつ）とオーダーを取るとき以外は黙っているし、お客さんから話しかけられたら軽く会話をするけれど、それは、誰かが池に小石を投げたら、ポチャンと音がする……その程度のものだ。

それ以降も不思議と途切れず、ぽつりぽつりと訪れるお客さんに応対するうち、僕は、徐々に、落ち着きを取り戻すことができた。

何につけても、大急ぎの大慌てという局面がないのはありがたい。すべての仕事を、最高レベルに丁寧にこなすことができるからだ。

沖守さんは、ときおり、飲み物の作り方に小さなアドバイスをしてくれたり、常連さんの好みについてそっと耳打ちしてくれたりはするものの、あとは僕の自由にさせてくれた。

「メニューを減らしたり増やしたりしてもいいのよ？　あなたが、お客さんのために必要だと思うことをしてちょうだい」

オーナーとしての沖守さんの指示は、それだけだ。

その言葉を胸に刻み、週に三日、店に立ち、あっと言う間に一週間が経った。

常に、穏やかな緊張と不思議な安らぎに満ちた店の中で、僕は、カウンターの内側に立ってお客さんを迎え、注文された飲み物を作り続けてきた。

今日は、店を開けてから二時間で、六人ほどお客さんが来ただけだ。

生計を立てるための商売なら、とてもやっていけない原価率と客数だけれど、沖守さんにとって大事なのは利益ではなく、大好きな家の、大好きな店で、誰かが素敵な時間を過ごしてくれることなのだ。

「やり甲斐のない仕事だと思ってるんじゃない？」

店にいるお客さんがみな帰って、誰もいなくなったタイミングを見計らって、沖守さんは自分の居間から出てきて、僕にそんな風に声を掛けてきた。

僕はカウンターの中で、笑って返事をする。

「全然。毎日、新鮮ですよ」

「あら、そう？　暇な店なのに」

「暇、ですかね。僕、手際が悪いので、飲み物をひとつ作るにも時間がかかりますし、暇を持て余したことはないです。あと、お客さんの中にも、厳しい方がいらっしゃるから、リテークがかかることもあるし」

　申し訳ない気持ちでそう告白すると、沖守さんはクスクス笑った。

「この家は静かだし、お店にＢＧＭもないから、あなたとお客様の会話は、微かに聞こえてくるのよ。……さっきもおひとり、コーヒーが薄いって仰ってたわね」

「すみません！　その前のお客さんに、『今日のコーヒーはちょっと苦みが強いね。まあ、美味しいんだけどね』って言われたもんで、つい」

　僕は慌てて頭を下げた。でも、沖守さんは、「徐々に慣れて、加減を掴んでくれればいいのよ」と、僕を咎めずにいてくれた。

「あの方ね、月に一度くらい、こちらにお仕事でいらっしゃって、そのときに必ず立ち寄ってくださるの。画商さんなんですって。近くに懇意な画家さんがお住まいなんだって、以前、教えてくださったわ」

「へえ。って、声だけで、誰が誰だかわかるんですか？」

「わかるわよ……と言いたいけれど、私の居間にいると、お店に出入りする方が見えるの」

「なーんだ」

　思わず脱力すると、沖守さんは悪戯っぽく笑った。

「あなたのおかげで、この家も私も、生き生きしていられるわ。ありがとう」

「でも、毎日何らかのミスはしているので、お客さんを減らさないかとか、店の雰囲気（ふんいき）を怖さないかとか、ヒヤヒヤしてます」

　正直に一週間分の不安を一言で表現してみると、沖守さんは、ふと真顔に戻ってかぶりを振った。

「今は、あなたのお店よ、坂井さん」

「え……いや、でも」

「あなたの好きにしていいって、言ったでしょう？　あれは嘘じゃないの。私のやり方を大切にしてくれるのは嬉しいけれど、お客さんに気持ちよく過ごしてほしいと願うのと同じくらい、あなたがあなたらしく働いてくれたらいいと願っているのよ」

「沖守さん……」

　温かな言葉に胸がいっぱいになって、僕がどうにか感謝の言葉を見つけようと頭をフル回転させ始めたそのとき。

　にゃー。

　窓の外で、猫の声がした。

　ちょっとだみ声……今や聞き間違えようのない、うちの「猫」の声だ。

にゃー！

今度は少し大きな鳴き声と共にジャンプして、窓枠の上に器用に飛び乗って来たのは、大きな灰色の猫だった。

やはり、彼だ。こうして、時々は神社を抜け出し、店を覗きに来てくれるのだが、今日は少し、いつもと様子が違う。

何か、僕に知らせたいことがあるようだ。

「おっと。どうしたんだろう」

「猫ちゃん。あら、いつもの子ね。大きくて綺麗な猫ちゃん。どこの子かしら」

沖守さんは、猫の姿を見て、顔をほころばせた。沖守さんは、人間の姿のときの猫とは一度面識があるが、その正体が本物の猫だとは知らないし、まして最近通ってくるようになった灰色の猫が彼だということなど、知る由もない。

神社とうちの子です、と心の中で答えながら、僕はガラス窓を開けた。

「どうした？」

声を掛けると、猫はまた大きく鳴いて、せっかく飛び乗った窓枠から、ぴょーんと飛び降りた。

窓の下に植えたパンジーを踏まないのはさすがの気遣いだけれど、彼は勢いよく道路のほうへ飛び出していく。

「あっ、危ないって！　車が来たらどうするんだよ」

思わず大声を出したとき、筋向かいの家の玄関から、「ねこちゃん！」という声がした。あどけない女の子の声だ。

僕と沖守さんは、思わず顔を見合わせた。沖守さんは、「あらあら」と、窓に近づき、通りの向こうを見やった。

ギリギリ二車線の幅がある道路を挟んだ向かい側には、一軒の家を真ん中で分割して二家族が暮らせるように建てられた、ちょっとヨーロッパ風の住宅がある。

その、右側の家の玄関扉の前に、小学生一年か二年くらいの女の子が、膝を抱えて座っている。横に置かれているのは、淡いピンク色のランドセルだ。

（最近は、ランドセルもカラフルなんだなあ……）

そんな感心をしていたら、沖守さんは心配そうな顔でこう言った。

「お向かいの奥さん、さっき急にお出掛けになったみたいだから、入れ違ってしまったのかしら。ちょっと、声をかけてきましょうね」

そう言って、沖守さんは店の入り口から外へ出て行く。僕は、窓から状況を見守ることにした。

どうやら猫は、そこに女の子がいることに気づき、僕と沖守さんに知らせたかったらしい。女の子にまとわりつき、頭を撫でてもらって嬉しそうに伸びをしたかと思うと、僕を見て、「ちゃんともてなしてやんなさいよ、旦那」と言いたげにツンと顎を反らし、そのまま歩き去ってしまった。

なんとも慌ただしい視察だけれど、夕方の「散歩連」の訪問に間に合うように、神社へ帰らなくてはならないのだろう。猫もなかなか多忙だ。

女の子は、沖守さんとは顔見知りらしい。短く言葉を交わすと、すっくと立ち上がり、彼女と手を繋いで、店へと入ってきた。

「こんにちは」

初めて応対する子供のお客さんに、僕は大人のくせにしっかり緊張して、上擦った声で挨拶をする。

女の子も、初対面の僕を胡乱げに見上げながら、それでも律儀に「こんにちは」と小さな声で挨拶してくれた。

沖守さんは、女の子を客席に座らせると、僕に紹介してくれた。

「お向かいの、あんなちゃん。おいくつになったんだったかしら」

「六歳」

女の子……あんなちゃんは、片手をパーにして答えてくれた。それだと五歳だけれど、僕は心の中で、指をもう一本、そっと足しておく。

「ママ、さっきお出掛けしたから、きっともうすぐ帰って来ると思うんだけど、何か飲んで待ちますか？　レモンスカッシュはちょっとあんなちゃんには酸っぱいかもしれないから、クリームソーダにする？」

沖守さんは優しく訊ねた。しかしあんなちゃんは、むー、と口を引き結び、かぶりを振った。

「ココアのみたい」

非常に明確な、メニューにないご注文だ。

「ええ……っと、ココア、は」

困惑する僕に対して、沖守さんは、笑顔で応じた。

「ああ、私のお勝手にココアの粉があるわ。坂井さん、ココアは作れるかしら？」

僕は、慌てて頷く。

「あ、はい。一応、作れます。父の流儀ですけど」

「お父様の？」

「父は若い頃、登山が好きで。山の上で飲む熱いココアが、何よりのご馳走だったそうで、昔は僕にもよく作ってくれました」

「まあ、素敵。じゃあ是非、あんなちゃんにも作ってあげて」

「かしこまりました」

一応、オーナーに対する雇われ店長らしい返事をして、僕は、いったん店を出て、沖守さんと一緒に「お勝手」に行った。

沖守さんは、純ココアの粉が入った紙箱を戸棚から出して、僕に手渡してくれた。僕は、もう一つ、リクエストをする。

「あの、あったらでいいんですけど……練乳とかってありますか？」

「練乳？　ああ、使いかけでよければ、あるわよ。苺にたっぷりかけて食べるのが、大好きなの。女学生みたいでしょ」

恥ずかしそうにそう言って、沖守さんは冷蔵庫から、昔ながらの缶に入った、イーグル印の練乳を出してくれた。

噂に聞いたことはあるけれど、使うのは初めてだ。

「あと、小鍋をお借りして……」

僕は必要なものを揃えて店のキッチンに戻り、小鍋にココアの粉を入れると、そこに練乳をたっぷり注いで、スプーンで丁寧に練った。たちまち、黒々としたペーストが出来上がる。

「それ、ほんとにココア？　なんかちがうものつくってる？」

突然、下のほうから聞こえた声にギョッとして視線を下げると、いつの間にか、あんなちゃんがキッチンに入り込んでいた。人見知りかと思ったら、意外と人懐っこい子だ。

彼女のほうから歩み寄ってくれたことにほっとしつつ、僕は、質問を口にした。

「ママはいつも、どうやってココアを作ってくれるの？」

「カップに、お湯入れて、ぐるぐる」

「なるほど。最初から甘いココアだね」

おそらく、彼女のお母さんが作ってくれているのは、調整ココアを使ったココアなのだろう。

「それだと簡単でいいんだけどさ、ここにあるココアはにがーいから、今、あまーくしてるんだ」

「にがいのはいや」

「だよね。わかってる。ちょっと待ってて」

ペーストが綺麗に練り上がったところで、少しずつ水を足していき、ドロドロになったところで火にかける。

「山では練乳とお湯だけで作るけど、お前には出血大サービスだぞ」

そんな懐かしい父のフレーズを思い出しながら、冷蔵庫から牛乳を取りだしてたっぷり注ぎ、泡立て器で優しく交ぜながら、ココアを溶かしていく。

ココアが温まると、甘い匂いがキッチンに漂い、あんなちゃんは鼻をくんくんさせた。髪の毛を高い位置でツインテールに結んでもらっているので、獲物を見つけたテリア犬のようだ。とても可愛い。

「いいにおい」

「だね。僕も久しぶりだ」

そう言いながら、僕は熱々のココアをぼってりと分厚いマグカップ二つに注ぎ分けた。ひとつはあんなちゃん、もう一つは、やはり店の入り口に来て匂いを楽しんでいる、こちらも可愛らしい沖守さん用だ。

「熱いからね。両手でマグを持って、よーくふーふーして飲んで」

席に戻ったあんなちゃんの前にマグカップを置いてそう言うと、彼女は素直に言われたとおりにしてくれる。肺が空っぽになるほど真剣にふーふーしている様を微笑ましく見守りつつ、僕はもう一つのマグカップを沖守さんの居間の小さなテーブルに運んだ。

「はい、どうぞ」

「あら。あなたの分を横取りしたみたいで悪いわね」

「いいんです。飲んでもらって、オーナーの感想をいただかないと」

「そうでした。では、頂戴致します」

膝の上に載せていた刺繍のキットを横に置き、沖守さんもまた、両手でくるむようにマグカップを持ち、吹き冷まして、慎重に一口飲んだ。

その顔が、たちまちほころぶ。

「あら、ミルクとココアのバランスがいいし、練乳の甘さが身体に染みいるよう。美味しいわ。これが、あなたのお父様の味ね」

僕は、ちょっと誇らしく頷いた。

「はい。冬になったら、父が毎朝作ってくれるココアが楽しみでした。鍋いっぱい飲みたいって、思ったもんです」

「わかるわ。ねえ、坂井さん。これ、メニューにお入れなさいよ。きっと、皆さんお喜びよ。夏だって、冷房で冷えた身体には、ココアが嬉しいわ」

そう言われて、僕は嬉しくて顔がクシャクシャになるくらい笑ってしまった。

あなたの店よと言われても、ずっと借りてきた猫の気持ちで過ごしていたけれど、僕の作ったココアを沖守さんに認めてもらったことで、ようやく、本当にこの店の人間になれって振り返った……。

背後から聞こえてくるあんなちゃんのストレートな賛辞に、僕は嬉しすぎて、涙目にな

「あつーい！　でも、おいしーい！」

た気がしたのだ。

その夜、いつもどおりやってきた猫に、僕は、あんなちゃんとの一件を語った。

ちょうどココアを飲み干す頃に、彼女の母親が大慌てで帰ってきて、万事めでたしめで

たしだったと言うと、ちゃぶ台の前にどーんと胡座(あぐら)をかいた猫は、

「へーえ。よかったじゃありませんか、旦那(だんな)」

と喜んでくれた。僕も、笑顔で頷く。

「うん、ホントに良かった。やっと、僕オリジナルのメニューが増えた！」

うんうんと相づちを打ち、猫は胸を張る。

「それもこれも、俺っちが、女の子がいるよって教えてあげたおかげですよね。さあ、も

っと感謝していいんですよ！　感謝を形で示していいんですよ！」

「……わかったよ」

僕が、肉団子を自分の皿から一つ、猫の皿に移すと、猫はもっともっとと言うように、

手のひらを上に向け、指をワキワキさせてみせた。

「ったく」

肉団子がさらに二つ、猫の皿に移動する。

今夜のメニューは、レンコンの小さな角切りを混ぜ込んだ豚肉の肉団子をカラリと揚げ、トロトロの甘酢をたっぷりかけたものがメインだ。

それに、甘酢を残さず楽しめるように千切りキャベツと、中華コーンスープ、そして炊きたてご飯を用意した。

中華コーンスープは、缶詰のコーンクリームと鶏がらスープを合わせ、豆腐の角切りを入れて、水溶きの片栗粉でとろみを付け、仕上げに溶き卵を流し入れた簡単なものだけれど、とても美味しい。

僕も猫も、最近これに凝っていて、よく作るのだ。

「旦那はほんとに料理上手ですよねえ。オコモリさんの店で、食い物が出ないのは残念だなあ。どのみち、俺っちは食えないから、どうでもいいですがね」

そんなことを言いながら、大きな肉団子を一口で頬張る猫に、僕はこう切り出した。

「それがさ。あんなちゃんがママに連れられて帰るとき、『またおいで』って言ったら、あの子、『つぎは、えほんでよんだあれがたべたい』って言い出してさ」

「遠慮のないガキだな！」

「将来のお客さんになるかもしれないんだから、ガキとか言わない！」

そう突っ込んでから、僕はキッチンへ行き、オーブンの扉を開けながら話を続けた。

「その『あれ』が何かをママから聞いた沖守さんが大乗り気でさ。是非、オリジナルメニューとして、僕に考えろって言うんだよね」

猫は僕のほうを身体ごと向いて、顔を輝かせた。

「おー！　ついに、オコモリさんの店で、旦那の腕が唸りますか！」

「唸るところまではいかないけど……キッシュなんだよ、リクエストされたのは」

「キッス？　それはまたけしからんやつだ」

「違う。キッシュ。フランスの食べ物。タルト型に、卵とクリームとチーズをベースにした生地を流し込んで、オーブンで焼くんだ」

猫は面食らった顔つきで、軽くのけぞった。

「なんです、そりゃ。ハイカラですね」

「……お前、ホントに平成生まれか？　実は嘘じゃないの？」

猫が口笛を吹いてしらばっくれるのを怪しみつつ、僕はオーブンで保温してあったキッシュを皿に載せ、ナイフを添えて食卓に運んだ。

「でさ、どうせなら『山猫軒』らしい……っていうか、オーナーの沖守さんらしいキッシュがいいなと思って、色々考えたんだけど」

　猫は、皿の上の丸いキッシュに顔を近づけ、興味しんしんで眺めた。湯気が顔に当たるのが面白いのか、頬の髭がピコピコ動いている。

「へえ。こいつがきっす……きっしゅ。茶碗蒸しみたいな匂いがしますね」

「似たようなもんだよ。茶碗蒸しは卵を出汁で割るけど、キッシュはクリームで割る」

「はあ、なるほど。で、普通のきっしゅ、とやらは、何が入るんです？」

「そうだなあ。ほうれん草とかベーコンとか、茸とか、タマネギとか。でも、ありきたりだとつまんないだろ。だから……まあ、食べてみて」

　僕はナイフでキッシュを放射線状にカットし、一切れを、猫の皿の空いたところに載せた。

「おお、ではこの俺っちが、猫の優秀な舌で毒味を」

　そう言うと、猫は手づかみでキッシュを頬張り、何とも言えない顔で、首を傾げながら咀嚼する。僕は、その仕草と顰めっ面に、酷く不安な気持ちにさせられた。

「ちょ……もしかして、まずい？」

「にゃ」

「どっちだよ。こんなときだけ、勝手に猫に戻るなよ」

「俺っちは常に猫ですよ。……じゃなくて、旨い」

「よ、よかった」

もぐもぐと二口目を食べながら、猫はそれでも盛んに首を捻る。

「初めて食べるはずなんですがねえ。なんか、つい最近、食った気がするんですよね、この味」

それを聞いて、僕は「やった！」と手を叩いてしまう。不思議そうな猫に、僕は勢い込んで説明した。

「ほら、この前、沖守さんが作ってくれた筑前煮が凄く旨かっただろ。沖守さん、あれが自慢料理で、たくさん作って常備菜にしてるんだって。だから、それを貰って、具材を細かく刻んで、チーズを少しだけ入れて、キッシュに焼き込んでみたんだ」

猫は、おおー、と感心した様子で、キッシュの断面をしげしげと観察する。

「ほんとですね、旦那！　コンニャクまで入ってやがりますよ」

「そりゃ入ってるよ。味が染みて美味しいから。……どう？　沖守さんらしいキッシュってところはクリアしてると思うんだけど、店で出せそうかな？」

猫は無言で二切れ目のキッシュを皿から取り、もぐもぐと頬張りながら、親指を立ててみせた。つくづく、そんな仕草をどこで覚えてくるんだろう。

「俺っちなら、店に行くたび、三切れは食いますね！　いいですよ、このオコモリキッシュ！」

「そんな名前じゃない！」

慌てて全否定しつつも、僕はついぞ味わったことのない達成感に満たされ、思わず両の拳を天井に向かって突き上げた。

「ばんざーい！」

自然と、そんな大声が口から出てしまう。

猫もまた嬉しそうな顔で、一緒になって「ばんにゃーい！」と唱和してくれる。

最初は、ただ、一緒に夕食を食べてくれるだけでいいと思っていた。

でも今は、こうして毎晩、猫と過ごす時間が、とても愛おしい。

沖守さんと出会えたのも、店を手伝うことができるようになったのも、みんな、猫のおかげだ。

俺っちのおかげ、と猫が自分で言ってしまうので、僕がそれを口にする機会はついぞ訪れないけれど、そのことは、ずっとありがたく思っている。

千円分のお賽銭で、神様はどこまで僕の願いを叶え続けてくれるのか。いつまで猫は人の姿になって、僕の家に通ってきてくれるのか。

　それは、僕にはわからない。猫にもわからないそうだ。日本の神様には、少し気まぐれなところがあるらしい。

　そんな神様が、もしかしたら気まぐれに手配してくれたのかもしれない「ハケン飯友」は、今や、僕にとっては、何でも話せる、一緒に笑い合える、大切な存在だ。

　これまで一度も持ったことがないから、本当にそれかはわからないけれど、たぶん、親友、なんじゃないだろうか。

　猫が僕をどう思っているかは知らないし、たぶん訊ねても煙に巻かれると思う。

　でも、僕が彼を物凄く大事に思っていることは、ちゃんと伝えたいし、形にしたい。

　だから僕は、猫に向かってこう言った。

「あのさ。人間は、初月給で、大事な人に食事を奢る風習があるんだ」

「へえ？　でも俺っち、ずっと旦那の飯を食ってますからねえ」

「うん。だから、初月給は、神様にお賽銭として納めようと思う。猫を僕のところに派遣してくれたお礼を言って、これからも、猫と一緒にいたいですって、お願いしてくる」

　それを聞いた猫の頭に、ざんばら髪を掻き分けるようにして、ぴょこんと三角形の耳が一対、現れる。

その耳をピョコピョコ動かし、猫は、初めて見るはにかんだ笑顔でこう訊ねてきた。

「おやおや、旦那は俺っちがそんなに好きですか？」

答える代わりに、僕は人類の誰にもしたことがない、猫のときの彼にも一度もしたことがない、全力のハグをお見舞いしたのだった……。

※この作品はフィクションです。実在の人物・団体・事件などにはいっさい関係ありません。

集英社オレンジ文庫をお買い上げいただき、ありがとうございます。
ご意見・ご感想をお待ちしております。

● あて先
〒101-8050　東京都千代田区一ツ橋2-5-10
集英社オレンジ文庫編集部 気付
椹野道流先生

ハケン飯友

僕と猫のおうちごはん

集英社
オレンジ文庫

2019年 1 月23日　第1刷発行
2019年 3 月 9 日　第2刷発行

著　者　椹野道流
発行者　北畠輝幸
発行所　株式会社集英社
〒101-8050東京都千代田区一ツ橋2-5-10
電話【編集部】03-3230-6352
【読者係】03-3230-6080
【販売部】03-3230-6393（書店専用）
印刷所　大日本印刷株式会社

※定価はカバーに表示してあります

ISBN 978-4-08-680237-6 C0193